眸光里的呼吸

林水火◎著

图书在版编目(CIP)数据

眸光里的呼吸/林水火著. —福州:海峡文艺出版社,2024.7
 ISBN 978-7-5550-3762-0

Ⅰ.I227

中国国家版本馆 CIP 数据核字第 2024NB6638 号

眸光里的呼吸

林水火 著	
出 版 人	林 滨
责任编辑	何 莉
出版发行	海峡文艺出版社
经 销	福建新华发行(集团)有限责任公司
社 址	福州市东水路76号14层
发 行 部	0591—87536797
印 刷	厦门集大印刷有限公司
厂 址	厦门市集美区环珠路256—260号3号厂房一至二楼
开 本	889毫米×1194毫米 1/32
字 数	120千字
印 张	7.125　　　　　　　　　插页 12
版 次	2024年7月第1版
印 次	2024年7月第1次印刷
书 号	ISBN 978-7-5550-3762-0
定 价	52.80元

如发现印装质量问题,请寄承印厂调换

林水火

  笔名绿帆，福建省漳州古雷港经济开发区古雷港人，中国诗歌学会会员，漳州市作协会员，漳州古雷港经济开发区作协理事，正高级教师，福建省特级教师，福建省高级人才（C类）。其诗歌作品散见《八闽现代诗大展》《齐鲁文学》《青年文学家》《作家新视野》《微型诗选刊》《野果文学》《西北文艺》《诗路作家》等纸刊及中国诗歌网、中文诗歌网等网络平台。著有诗集《时光在风中行走》。

以真情写诗心

陈忠坤

想不到,林水火老师的诗集《时光在风中行走》刚刚出版一年,他就已经整理完成了《眸光里的呼吸》诗稿,这笔耕之勤着实让晚辈讶异不已。对此,林水火老师很是淡然:"我这么多年的存稿,都可以整理好几本啰。"如此横溢的诗意,让我更是慨叹不已。

《眸光里的呼吸》共分两个部分,即"万物生长"与"人间有情",一是写诗人触及的物而有感而发,一是写诗人历经的人而有悟而记。是物也好,是人也罢,诉诸笔端的都是诗人亲身的经历和真实的体会,也因此才能以深厚的文思,以朴实的语言,以巧妙的架设,以流畅的诗理,用炽热的诗心,记录、描绘、触摸和升华每一瞬间流露的真情。

何谓诗心?有言是,作诗之心,诗人之心。宋崇王令《庭草》诗曰:"独有诗心在,时时一自哦。"意思是说,只要你诗心独具,就会对平日里觉得平凡的事物时时突发奇想。由此可见,诗心是想象的魂,是诗歌意境的魂。诗心就是那一只"慧眼",让你发现与感悟的"慧眼",从而实现"小我"的诗歌表达。中国现代美学家宗白华在《美学散步》中说道:"艺术家禀赋的诗心,射映着天地的诗心。"并用括号注明:"诗纬云,诗者天地之心。"宗老的意思是,"诗心"一词源自

《诗纬》的"诗者，天地之心也"，由此认为"诗心"即为"天地之心"，从组词和句子结构看，此种简单化的表述似有不当，但"天地之心"，何尝不是诗歌的"大我"之立意？

然而，不管是"小我"的自我吟哦，还是"大我"的深度表达，诗心都是离不开诗歌本身的"真情"的艺术内涵。只有真情实感的诗歌创作，才能引起共鸣，才更能打动人心。而林水火老师的这本《眸光里的呼吸》，更是处处流露真情。我们不妨读一读其作品。

先看第一辑"万物生长"。"遥远的星空/你，将是中秋的半个月亮"（《半个月亮》），诗人相信，对远方的你来讲，自己的缺位，就连月亮都是不完整的，正如自己一样；"我与那墙，无缘/却有种情绪的冲动/去牵念，墙与藤的缠绵"（《秋藤》），藤与墙的缠绵，那是无尽的相思与牵挂；"芦苇满头白发/莲身枯瘦/海棠火红绽放/小雏菊野性热情"（《别给秋贴标签》），正是诗人心中迸发的情感，目及之物，皆带上了诗人的情感色彩；"日子长满了耳朵/只为了倾听/你半生的呼唤"（《沙漏》），那沙漏的声响，不仅是时间消逝的声响，也是岁月渐行渐远的声响；"守住乡愁/珍藏几代人的童谣/以及，梦里的唠叨"（《老屋》），老屋承载着诗人成长的辛酸记忆，在故乡已然他乡之际，更承载着诗人沉重的乡愁；"三五只布谷鸟/回眸丰花月季/与春风协商/贪婪着一朵朵血色"（《春色》），当春来临，诗人的心情是喜悦的，他化身万物，也贪婪着春带来的一朵朵血色……总之，情为物所生，物为情所赋。以情为赋，万物也便有了生气，也就立体起来，读者也就能通过诗人的语言，走进诗人的意境中，去深切体会到诗人的情感。

比如《残荷》：

> 枯瘦的手
> 一双双，倒提着顶顶荷叶
> 歪歪斜斜
> 依旧迷恋着老池塘
> 阳光下
> 残荷拿出隐形的笔
> 反反复复
> 写下一行行遗书
> 交付给
> 痴情的红蜻蜓
> 然后，继续等候
> 秋与冬，完整的剃度
> 酝酿着最新版本
> 问世新春

暮夏时分，残荷落败，看着那枯瘦的荷茎，诗人猜想，残荷应是给痴情的蜻蜓写好了遗书，然后独自忍受季节的轮回，秋与冬都是辛苦的剃度，但也是积蓄力量的好时期，只待春来，残荷一定会以全新的自我绽放。诗人虽然写的是残荷，但他无时无刻不隐喻着自己，人到中年，面对生活中的风雨，他忍受着心酸，也时刻安慰自己，苦痛只是生活赐予的剃度，也是生活赐予的酝酿，只要走过去了，就能等到春暖花开时。多么真切的情感啊！这残荷，何尝不是诗人自己的写照呢？

再比如《一面镜子》：

序

3

放任春姑娘忙碌花事
为蝶恋花做媒
让绿色无拘无束
眼底
无比清澈

历经冬眠
渐渐破土的无数灵动
暗地酝酿
时空内外的喧嚣
每一次夸张
撼动不了深度的明眸

被岁月见证过的人间烟火
真与假的诗词
丰盈想象
起落
翻阅也是瞬间的沉默

　　春来了，面对百花盛开的繁盛景象，诗人的心底却比明镜清澈，因为他明白，这一场繁花，正是无数生命在历经冬的风寒与喧嚣后，再坚强破土，才换取而来的。诗人作为一个被岁月见证的人，真假也罢，起落也罢，对这一切也早已淡然。这种淡然，正源于诗人历经人间烟火，心中早炼造一面清澈的镜子，照出世间之冷暖。诗以镜子寓意，并非写真实的镜子，但诗人那看淡繁盛与凋零的真切情感，却早已跃然纸上。

　　再看第二辑"人间有情"。不管"咀嚼那一段缘/由里往外/从近到远/洋溢的是没有年轮的书香/一些可爱的文字/一些活泼的声音/迷惑着煮熟的话语/跨越时空"

(《当年的样子》）所描绘的跨越时空的师生情，还是"打开几本泛黄的日记/有文字的记忆/还平躺在那里/继续，为你的承诺守候"（《与世间签约》）所描绘的守候承诺的友情，还是"家与乡愁/正如炒熟的花生米/反复咀嚼/平躺记忆骨髓里的/是难以消逝的老妈的味道"（《老妈的味道》）所描绘的难以消逝的亲情，哪怕"将自己交给深沉的夜/闭口，在喧嚣中孤独/再来整理/一个长不大的自己"（《夜下，整理自己》）所描绘的孤独而又长不大的自己，诗人选择自己熟悉而又有感受的人，用朴素的语言，将简单的生活细节铺开，真挚的情感也随即向读者扑面而来。

当然，亲情才是刻骨铭心的。诗人每每写到父母的形象，从简单的文字里，似乎都能看到诗人眼角残留的泪花。因此，这里必须着重提到两首诗。

第一首是写父亲的，即《秸秆上的割痕》：

> 下雨天
> 夕阳下的老父亲
> 总喜欢，搬出乡愁
> 包括小葱大蒜
> 还有，为它们遮风挡雨的
> 一件件秸秆衣裳
>
> 记忆中
> 小麦玉米水稻
> 在别离前
> 总将，不长不短的秸秆留下
> 一双反复结茧的双手
> 用刀切割，编织成父亲心中的模样

然后，搭在田字格边缘
等候丰收

弯曲的老父亲
用标准方言包装秸秆
似乎正在做一场免费广告
再次煮熟乡愁
而最值得珍藏的
恰是父亲原创的时光轨迹
一枚枚，秸秆上的割痕

诗作写的是雨后放晴的傍晚，父亲把家里的葱蒜和秸秆拿出来晾晒，这个画面诗人应是很熟悉，如乡愁般融入记忆。于是，碎片的记忆中开始出现了小麦玉米水稻，又拼凑出秸秆和父亲结茧的手，一个站在田边等候丰收的父亲形象终于拼凑出来了。记忆拉近，年老的父亲絮絮叨叨，不免又让诗人感慨时光流逝，而模糊的岁月里，只有秸秆上的割痕，还烙印在诗人的脑海中。那割痕，也勾勒出一位伟岸的辛苦劳作的老父亲形象。

再来看看写母亲的另一首诗，即《画一个妈妈》：

站在大山口
小男孩，凝望着远方
一次次，守望
梦中的妈妈

今年的中秋
小男孩，重新假设妈妈的模样
踩着夕阳尾巴
带上满满的微笑

再次
将眸光放大

月亮以中秋的名义
闪亮登场
小男孩一笔一画
借着月亮的眼睛
在凹凸的地面
画出最美的妈妈

恍惚间
小男孩甜甜地躺在妈妈的怀抱
黎明凝聚曙光
给小男孩和他的妈妈
编织了一个牢固的
移动的家

  诗作写的小男孩应该很久没有见到妈妈了,在中秋团圆的日子里,小男孩也许因为太思念妈妈了,便拿起笔开始画妈妈,且要画出最美的妈妈,他画了很久很久,终于困到睡着了,可是哪怕黎明的曙光唤醒了他,他依然觉得,妈妈已经回到了他的身边,为他编织了一个温暖的家。诗作写出了小男孩的思念,写出了大山里孩子的不易,可那位为了生活远离家乡远离亲人出外辛苦打拼的妈妈,何尝就容易呢?诗人寥寥数行,描绘出一幅子思念母的温暖画面,却也折射出穷苦人家生活的不易以及这位伟大的母亲对美好生活的向往与抗争。若不是真情流露,怎让人读后潸然泪下!

  总之,真情,是贯穿《眸光里的呼吸》这部诗集的主线。正是因为对生活的热爱,对美好的向往,诗人才能处处流露真情，以真情写诗心。

真正的好诗，一定是真情的产出；真正的好诗，一定也是以真情为美的。期待读者朋友们能从林水火老师的《眸光里的呼吸》这部诗集里，读到生活的真，读到生活的善，读到生活的美。

是为序。

2024年8月8日

陈忠坤

中国民主促进会会员，福建省作家协会会员，中国报告文学学会会员，著有专著《梦想与现实：经营出版经验谈》、人物传记《少年陈景润》《少年李林》《陈楚楠传》、长篇乡土小说《远庄》、诗集《短吁长叹》等。

目录

◇ **第一辑　万物生长**

半个月亮……………………………………………002
残荷…………………………………………………004
红枝蒲桃……………………………………………005
风拍打着风…………………………………………007
秋藤…………………………………………………008
一束光的差事………………………………………010
一座桥………………………………………………011
又见荻花……………………………………………012
别给秋贴标签………………………………………013
迟开的桂花…………………………………………015
风和雨交手…………………………………………017
风长了刺……………………………………………018
骨子里的花…………………………………………019
黎明的喜鹊…………………………………………020
秋末一场雨…………………………………………022
秋天的出口…………………………………………024
山野秋色……………………………………………025
悬崖…………………………………………………027
季节的残痕…………………………………………029
渐入…………………………………………………031
站台…………………………………………………032
寒枝上的喜鹊………………………………………033
那山那水那茶………………………………………035
一个标点……………………………………………036
秋天的印迹…………………………………………037
秋……………………………………………………038
秋风并不清凉………………………………………039

1

碎片…………………………………………………040

隆冬夜风…………………………………………041

墙里墙外…………………………………………042

冬日，那一抹绿…………………………………043

寂寞的田野………………………………………044

沙漏………………………………………………045

夕阳里的影子……………………………………046

光滑石头…………………………………………047

流水背后…………………………………………048

老屋………………………………………………049

站台………………………………………………050

散落的月光穿过云………………………………051

门槛内外…………………………………………052

灯光………………………………………………053

阳光，是一种语言………………………………054

日记本……………………………………………055

落在沙滩上的时光………………………………056

还是那条路………………………………………057

红灯笼……………………………………………058

这一场雨…………………………………………059

风声………………………………………………060

电线与凌霄花……………………………………061

春色………………………………………………062

雨…………………………………………………063

雨水在倾泻冬天的委屈…………………………064

天放晴了…………………………………………065

一张老照片………………………………………066

月牙………………………………………………067

一面镜子…………………………………………068

白天不懂夜的美…………………………………069

奔走的骆驼………………………………………070

夜晚	071
隐约	072
冬天去了远方	073
每一个黎明	074
窗外的蝴蝶	075
灯塔	076
春天在那朵云上	077
如晴天，似雨天	078
这是在冬天	079
看见了不生锈的时间	080
狭窄里的宽阔	081

◇ 第二辑　人间有情

当年的样子	084
粉笔的心跳	085
画一个妈妈	086
秸秆上的割痕	087
生日	088
挑灯	090
又是开学时	092
与时间签约	094
临窗望斜晖	095
老妈的味道	097
夜下，整理自己	099
雨中散步	100
完美拥抱	101
昨天的颜色	102
天冷了，敬自己一杯酒	103
窗外	104
等一场雪	105
独行者	106

翻阅有阳光的日子	108
心灵的守望	110
落单	111
明亮的部分	112
眸光里的呼吸	114
思念的雕像	115
思绪随寒风	116
温暖	118
脆弱的心灵	120
眼神里的沉默	121
夜在呼吸	122
节奏	123
围城内外	124
天涯来信	126
岁月的溪流	127
遇见的事物	128
触摸时光	129
孤岛的笛声	130
云端之上的失重	131
独语	132
日子的河床	133
寻找打烊的出口	134
场面	135
让心归零	136
被困在时间里的人	137
归途	138
视角	139
牵手	140
与石头合影	141
行踪	142
冬至	144

揣着梦想上路	145
回不去的岁月	146
茶香的日子	147
选一片雪花送给你	148
手指的方向	149
开门一望	150
起跑线	151
伪装的艺术	152
在路上	153
生命的流光	154
精神的许愿台	155
倒影	156
思想的彼岸	157
小酒馆的周末	158
路过冬天	159
冬日心语	160
全新的我	161
纸片人	162
风啊，请你再吹慢一点	163
与时间和解	164
沉思	165
团聚	166
笑容背后	167
开端	168
默念	169
放飞	170
遇见你的春天	171
冬给春的告白	172
夜的梦	173
问候	174
凸出	175

天冷了	176
又过了一天	177
打结	178
配得上春天	179
时光不老	180
用时间擦拭时间	181
往事留白	182
女人花	183
握手	184
交替	185
歌声	186
一条绳子的温柔	187
生活不是诗	188
原创一个孤独	189
夜里的声音	190
睁眼与闭眼之间	191
呐喊的碰撞	192
流动的印象	193
日月还在时光里延长	194
行走的风景	195
流向	196
风的眼睛	197
夜黑得很认真	198
曾经的模样	199
在光抵达的地方	200
风有自己承诺的方向	201
与内心深处的云朵对话	202
微笑是一枚不褪色的车票	203
在时间的列车上	204
独处的颜色	205
曾经给予日子	206

时光抽屉……………………………………207
在适合的轨道上………………………………208
独处的温度……………………………………209
旧了的日子……………………………………210
时间账册………………………………………211
立冬温暖地到来………………………………212
只喜欢将永远留在呼吸的当下………………213
岁月的心声……………………………………214

后记 / 215

第一辑

万物生长

一座山,一滴水
上下楼梯
花开叶落的世界
脚底的感觉
各种颜色的思考
冷与热的泪痕
或大或小的与日子有关的灵动
不一而足
你用文字的骨架
将日记组合成精神的抽屉

——《日记本》

半个月亮

扎根发芽开花结果
大的小的种子
在希望的田野上
坐实
它们在时间以外,发现了
一个简单的你

原创的声乐唱法
不一而足
挑战着你的线性思维
触动你的神经
而你
用微笑泅渡
还当作,最美的联欢

此时
一些食品
以中秋的名义
入住你所有着急的味蕾
而你
却陶醉既定芳香
守候一枚夕阳红

中秋，已在向你邀约
而你
还反思正念
有一种声音说
遥远的星空
你，将是中秋的半个月亮

残荷

枯瘦的手
一双双,倒提着顶顶荷叶
歪歪斜斜
依旧迷恋着老池塘
阳光下
残荷拿出隐形的笔
反反复复
写下一行行遗书
交付给
痴情的红蜻蜓
然后,继续等候
秋与冬,完整的剃度
酝酿着最新版本
问世新春

红枝蒲桃

蒲叶颤动了一下
绿色又被黎明的曙光,强化
痴情的影子
借助脚步的节奏
从日子旮旯出发
再次擦亮,三个轮子的眼睛

红枝蒲桃
举起变色手臂
在太阳下班之前
上映着,从春到秋的剧变
以无花果的招牌
开始彰显,混淆的力量

当下的季节,早与日历密谋
找一些文字的花样
大小搭配
端端正正
扛起
白天和黑夜的内涵

昨天,一枚坠落的白露
打乱了头发的长度
疏与密
与早晚温差,迈入黑白抉择
一滴迷茫的泪花
吐出,从日历掉落的心声

风拍打着风

因为风的缘故
你坐在老榕树下，等候
抖落的清凉
还没有被完全吸收
却被秋老虎
带走

一片片落叶
向地面签到
它们空降
没有预期的抛物线
却张扬着
无法学到的洒脱

天窗打开
在你的眸光内外
风与春夏秋冬，同在
风拍打着风
无法左右你的呼吸
风的走向
带不走你的身影

秋藤

充满褶皱的墙
穿越时空,秋藤
将自己活成长者
一天又一天
坚守最原始的乡愁

青苔用绿色
掩饰了墙脚的秘密
潮湿的心
无法感动无序的藤
白天与黑夜的距离
在梦中扩大

这墙,那秋藤
也不知道为何如此默契
相依为命

任时光剃度
一次次,直面红枝蒲桃
那变色的笑话

我与那墙,无缘
却有种情绪的冲动
去牵念,墙与藤的缠绵
一叶落的瞬间
秋,让藤再次悄悄延长

一束光的差事

一束强光
穿透,手牵手的花叶垂榕
扫描了一段路
此时,你是见证者

昨天,未了的心事
早已
被路掩藏得结结实实
留下微粒尘土
光,再锋利
依旧,无法撬开路的口

就这样,从黎明出来的光
带上悬念
问一问鬼针草
与秋菊商量
拟一份总结
递交给
黑夜派来的使者

站在中年的十字口路
你,款待了光
倾听了它
没完没了的差事

一座桥

背起流动的岁月
不论因果
任脚下暗潮涌动
还有,一曲曲爱的对歌

一把把温柔的刀
藏在水里
伙同叛变的泥沙
桥
将肌体精雕细琢
坚守原始承诺

每一个昨天
以不同的姿态走过
一座桥
以沉默的力量,倾听
脚步与车轮的唠叨

带上自己的今天
过桥
立体回眸
我将最赤诚的思念留下

又见荻花

跟上秋的思念
重温原创湖泊
密密麻麻的仿真芦苇
抖动了遗忘的记忆

温柔的长绿叶向上延伸
簇拥一株株毛茸茸的紫色
左右献媚
倾听
似乎听到湖底的心跳
还有,秋风不均的呼吸

一双贪婪的手
犹豫在时间的十字路口
用肢体的温度
去体验大自然此时的温柔
懂我的小程序
揭开了荻花的面纱

恍惚间,秋老虎
割裂了此时的胡思乱想
带回一朵荻花
将思念
交给远方洁白的云朵

别给秋贴标签

树在秋天换装
脱下金黄
让孕育的绿芽有了新的空间
幕幕貌似萧条
在烂漫的春也不稀奇

芦苇满头白发
莲身枯瘦
海棠火红绽放
小雏菊野性热情
以及
过度张扬的遍地枫叶
不一而足
填满记忆的色彩

谷穗荞麦玉米大豆
在喧嚣中感叹收获
以及收获以外的绿色枯黄
饱藏着多少春的预期
又历经了多少夏与冬的历练
岁月带来的产痛
谁买单

季节以自己的方式存在
传承与原创
一些眸光中的符号
别轻易贴上标签
包括当下,你想给晚秋的定义

迟开的桂花

再一次
等啊等啊等啊
老金桂树,还是沉默
粒粒小小金黄
于晚秋露脸
抚慰了你,一弯凉意

裸露的木棉
早已将粒粒绯红挂满枝头
张扬着
却遗弃了绿的陪伴
毫无遮掩

花与花的周期

交给自然,交给阳光雨露

掂量脚力

去画出匹配的弧线

迟到的标签,也一一被拿下

中年路,尚未走远

整理一下文字行囊

腾出地儿

去收集灿烂的桂花

让冬天的诗行

染香

风和雨交手

不知道昨夜发生了什么
黎明叫醒我的时候
风和雨正在交手
玻璃窗,挂着泪花
谁都会想到
这,与它们交手有关

我拿出一把伞
去劝风,去劝雨
折腾出脚的泥泞
最终却让娇柔的花伞翻脸

风和雨,占领了眸光
恍惚间
我看到饥渴的田野
赤裸裸地欢唱
即使是五音不全

风长了刺

时间写着你的名字
在情绪的十字路口
与千纸鹤邂逅
此时,夕阳早已落山

一枚显眼的榕叶
被染成金黄
落在你单薄的肩尖
翻着不深不浅的刀口
总想让你知道
它,已烙上的凹凸结痂

风慢慢地
亲吻时间内外的裸露
却带给半隐的刺疼
拔凉了一颗浑浊的心
你的眼神,流露出
深度的无奈

向着冬天的入口处
你走出情绪的十字路口
挤出剩下的微笑
去等候,晚秋最原始的遗言

骨子里的花

款款野草
无节制地封锁脚下的地盘
让风沙闭嘴
泥土,也随遇而安
她躬身
开始比划

锄头举起
听从,黎明与夕阳召唤
在时间的缝隙
重新划分野草的势力
让蔬菜水果
分享
太阳底下的荣光

她,与绿结缘
渐出了牡丹的娇贵
在秋的出口处
总忍不住
刷脸沉默方寸
还接续让新种子
有一个发芽的家

黎明的喜鹊

辜负了夜色的好意
你,将睡眠
交给了最原始的故乡
迷糊中
绽放的浪花
在眼睛睁开的第一时间
彻底成了泡沫

秋风
萧瑟的模样
从时空的大小缝隙,入屋
顺着绿萝细藤
当着你的面
亲吻不变色的绿

喳喳喳喳，喳喳喳喳
恍惚间
旧日记里的声音
重现
此时，你将心事格式化
倾听录制

中年的成熟
为黎明的声音命名
单纯，如一
你，把私藏的形容词
一一用上
准备去迎接
喜鹊，或将送来的玫瑰红

秋末一场雨

路边六七棵三角梅
进入秋末
还迷恋自我
尽情地依稀绽放
似乎,暗自与雏菊较量

突如其来的一场雨
将秋再次瘦身
带着泪花的合金欢
送别了最后一朵心怡
依旧,找不到安抚的共情
也包括你自己

恍惚间
来自骨子里的心霜
一二三四五六七
粒粒,冰冻着血液的温度
连接时间以外的雨
还有沉默的你

这场秋末的雨
不管你成熟或不成熟
新的坐标点上
岁月,即将赋予它新的标签
冷与暖,终归
与你灵魂的占位有关

秋天的出口

木棉又瘦了一圈
占满枝头的花儿
接二连三下岗
不经意间
我也感受白发稀落
心头涌起阵痛

路边的野菊花
戴上黄色的帽子
惬意地迎风摆弄姿色
似乎想在秋的出口处
将三五枚三角梅比下

路过的单薄的我
想让自己保持沉默
可秋风一起，满树枯叶
在风中一次次颤抖、飘零
那枯黄的哭泣似乎在告诉我
那是不远的冬在念叨

山野秋色

一座山，搂住一间瓦房
挡下了狂风
让暴雨顺沿
一棵棵树
拔节，改变不了枫叶的属性
在成熟的季节
将自己轮回
从绿色到枯黄
迷恋，在保守的瓦房前
我无法对抗山野秋色
无法对抗秋写下的诗行

今秋
瓦房多了三五株金桂
挂着粒粒黄金
忠实地摇晃着尾巴
日出日落
野生移动的光
进进出出

时间用哑语说话
我，走近西山
那瓦房
植入的是山旮旯的乡愁

悬崖

不经意间
刚给白天一个感叹号
夜色又增加了厚度
捆住灵魂
挤占了呼吸的空间
将吝啬的睡眠彻底吞噬

站在情绪的火山口
寻找文字的力量
给自己降温
避免一场没有边界的燃烧
遐想时间以外的草原
当一回脱缰野马
奔跑腾飞
去寻找白云
去擦亮心中的那颗星
让自己所有的记忆，清零

从对面的镜子里
端详,染着黑色的双眸
一些丢失的明亮
最后念想
也被风和雨的唠叨,带走
贴心的绿萝
那片年长的绿
用哑语告诉我
有些记忆
从开始就应该删除

季节的残痕

还没缓过神来
冬已经直白地表态
一段又一段长的短的路边
勉强的绿色
隐藏不了季节的尾巴
弯与曲的裂痕

被请进果盆里的味道
用颜色诱惑
用心咀嚼
总想链接
苦与甘的因果
以及写在日记本上的预期

此时
一阵贴上季节标签的风
在眸光以外
卷起灰尘
与站在大地上的颜色
对话

恍惚间
有一款秋里的犁铧
举起令牌
驶入冬的门口
伸缩犀利的舌头
重新定义,季节的残痕

渐入

一棵没有姓名的树
与墙角为邻
被绿油油的藤全面封锁
渐入
立冬后的人间烟火
着手,让金色重新命名

你搞不懂
又是霸道的夜
如此没有死角地搂住
眼前绿色的标杆
隐藏起颜色与颜色的因果
却放过
往高处攀援的枯藤
放纵地露出最后的萧条

此时
苦涩的眸光
迎来了没有骨头的风
它与半自然的温度
为枯藤的黎明
开始一场
时空内外的密谋

站台

在日子的截图里
南来北往
一声又一声的呼啸
各有起点和终点
还有,微小的顿号

是谁
用颜色将你贴标
让匆忙的脚
与眸光定点合拍
减少了
身处远方的彷徨

季节再次更新
在冬天门口
你,依然锁定曾经的眸光
念想着
那幕,简单的骨感

不经意间
时间内外的光
与停滞的记忆相拥
你举起心灯
默默地留下成长的诗行

寒枝上的喜鹊

与五十几个冬
交过手
也曾经邂逅来自远方的雪
而我
只记得温暖的呼吸
还有,眸光里的腊梅

冬天的风
直面剃度
数不清的野草野树
枯枝败叶
落叶归根
谁也无法知道
那般孕育新生的伟大

看着我长大的树
年轮集结一个又一个疮疤
我曾共情它承受的刺骨风寒
却未见过
它失落的泪花
以及弯曲下垂的骨头

今年的冬
也没什么特别
眸光内外
已传来动听的音乐
那正是
独恋于寒枝上的喜鹊

那山那水那茶

牵手的山峰不论高低与模样
静默地淡出受欢迎的称呼
守护九曲的绵绵心声
绣着连接远方的竹筏下的涟漪
倾听着彼此的风流与浪漫

大的小的整齐划一的
生命赓续在梯田在山野的时空
经过一道道独特的技艺操守
蜷缩的价值
以茶的名义沸腾在喧嚣里

此时,我在寻找山水的新的修辞
独处的文字看上那山的潮湿、那被磨光的鹅卵石
别离的流年已经混淆且融入属于我的诗里、我的心田

一个标点

翻开一本书
一个渴望占据另一个渴望
戏里戏外
我被请进喧嚣的世界
在公园,在跑马场

挪一下眼镜
用笔画着天上的云
大树下石雕前的那个老头
被文字激活
神采着曾经上坡下坡的生活

合上一本书
星星点点遐想着低处的事物
花花草草
凝视天空里的翅膀
我成了站在大地上的一个标点

秋天的印迹

梧桐与枫叶列队
在各自的格子里一样翠绿
被阳光挪动的影子
拥挤在初秋

老去的事物不减爱的模样
垒高的精神深藏着纯洁的芳香
童年的刻印都站成美好的记忆
震撼着路过的灵魂

超越时空的初秋
荡漾着霜白的收获
流年的花红
塞满了最后的空白

秋

一堵墙之外
重复着未曾有过的声音
萌生的矛盾
撞击秋渐渐的清凉

枝头末端悬着的叶子
命运的尽头
阳光用触觉刺探
路过的风给予最直接的问候
回眸转身
惹人别离的事物
让人感叹

蒲公英扭动腰肢
旁白延续
毫不保留地
夸张着中年人的着急

秋风并不清凉

暮色收走了阳光下的喧嚣
留下喧嚣后的寂寞
一个人的世界
用清静撇捺
如往常投入到自己的喜欢
秋风并不清凉

月光的剩余尽是力不从心
疲软的志趣
与老去的残枝败叶
等候一枚秋的休止符
声音的原点
蕴含着某个风车的撕裂

我看风无法接近的串串流萤
闪现着迷人的画面
跳跃的青春
没有线条的无序
光点注定是多余
它仿真着遇见的边界

碎片

喧嚣里千军万马
踩踏的足迹重叠着也冲突着
没有逻辑的
在抉择中失败也在胜利中抉择
如同落叶
如同蒲公英零散的霜白

天空的眼泪
以雨的名义遇见动态
多少喜泣多少压抑的宣泄
点点滴滴
漂泊着流浪的歌
拾遗的是矛盾的音符

空杯里的舞曲
诠释着从生到死的距离
从一条路到一条路
情感打包
被虚拟的千纸鹤带走
落款是苍白的感叹

隆冬夜风

风拿着刺刀
一次次迎面扑来
张扬裸露单薄的词汇
纷纷掉落
羡慕温暖的形容

嘎吱嘎吱
以黑色为背景的象声词
正在即兴演奏
迎候洁白的雪花
将冷血的冬天推向高潮

折叠的身影
不小心靠近旁边的镜子
被一束直白的灯光
将僵硬的疮疤
戳伤

此时
真想筑牢日子的躯壳
让骨头
在呼吸中
保持原始的曲直

墙里墙外

大的小的长的短的
总有堵墙
切割光阴
考验着你的韧性

墙外
一望无际的田野
高山大海
野生野味
隆冬的冰雹与雪花
是意想不到的喧嚣

墙里
温床
窃窃私语
盆栽的花花草草
与自我画像
成为可控的光和热

一种情结
迷茫于墙的内外
反复地
焦灼着心中的柔软

冬日,那一抹绿

一盆绿萝
守住不大不小的空间
在你的眸光里
找不到落叶的概念

冬日
在窗外野着的梧桐树
穿上绿色的皮衣
没有衣袂领带
脉络明了

枯黄的诗句
在暖冬长短分行
纷纷扬扬
蕴含各自思想
让路过的风掂量

你的心事
与大大小小的落叶无关
扎根在阳光的骨子里
执念的
依旧是冬日的那一抹绿

寂寞的田野

犁铧镰刀被岁月收藏
曾经
从花到果的主题
早已远去
灿烂的阳光
仅与习惯的单调相遇

长的短的圆的扁的野花野草
守住一方
以自己的名义和实力
扩张欲望
在沉默的地盘上
重叠交互
似乎在释放着积淀的能量

被细心呵护的田野
此时正敞开心扉
接纳自然的生命加减
它知道
日子注定要倾听
那些被边缘化的小插曲

沙漏

日子长满了耳朵
只为了倾听
你半生的呼唤

不长不短的岁月
思念　在无际的江河
站成寂寞的孤舟

恍惚间
玫瑰花的灵魂
又在迷离中擦肩而过

夕阳里的影子

阳光以变色的彩霞出场
轮椅上的慈祥
在榕树腋下
步入隆冬
被眸光定格为风景

一条看不到尽头的路
模糊却空灵
借助路灯
你的微笑
被解读为日子的扉页

从喧嚣走向喧嚣
夜色门前
彼此踩上对方的尾巴
穿上和解的外衣
减少岁月骨髓里的酸痛

夕阳里的影子
在没有雪花的冬夜共生
简单着色
在眨眼的霓虹背后
手牵手

光滑石头

一块光滑石头
皱纹在肉眼里消失
你无法想象它最初的棱角
答案
或在岁月的抽屉里

不大不小的疤
永远记住为它疗伤的风刀
留住纱布的吻
悄然红肿
唤醒了
老少的叮咛与泪花

方格子内的各种影子
圆与扁
长与短
拒绝了褒贬词汇的捆绑
在阳光的脚下
叹息

流水背后

贴紧山沟壑
牵扯上的变色浮云
不经意间
流水
传说着魔术般的推拉

花开花落的因果
叶绿素的轮回
从黎明到黑夜里的滋润
流水的渗透
谱写着没有结尾的歌

与牵挂有关的泪花
无须理由的沉默
喧嚣后孤独
流水的温柔
通向一个个未知的渡口

粗的细的长的短的
公开的秘密的
流水的背后
连接着一部长篇小说

老屋

被岁月打磨的躯壳
横的竖的皱的
长出三五株野草
超出想象
唤醒着枯与荣

守住乡愁
珍藏几代人的童谣
以及,梦里的唠叨
长长短短
都与远方的风雨无关

老屋
已成为回不去的记忆
想它的时候
就涂鸦
不料
却画出童年里的刺绣奶奶

站台

与一组组平行线为伴
共同守护运行轨迹
人来人往
告别匆匆

拉推背提的行囊
各自掂量
见证过梦的出发
倾听过缺憾的错落

春夏秋冬
托举一身不漏雨的硬朗
给每一次遇见
送上厚实的铺垫与安然

散落的月光穿过云

黑夜里的云朵
此时,变成什么颜色
月光知道

曾经有过
盼星星盼月亮
是你是我还是他
见面,那是远方的月亮
深情拥抱
注定只为思念打包

一轮明月
哪来那么多的多愁善感
穿过云层
落到四面八方的光
相约
你无法想象它下落的分量

你仰望的还是那星空
最亮的月光
完全,来自你定义的内涵

门槛内外

前门后门大门小门
进与出
横着一条槛
跨越自如
答案隐约

曾经为落叶的迷茫
失控滴泪
掩盖不住多愁善感
拎着受伤的包
没有放弃凝视的方向

阳光灿烂的小寒
站在门外招手微笑
远行冲动
被意外点燃
而门槛
考验你跨越的决心
考验你跨越的胆量

灯光

灯光
一个受欢迎的名词
它将黑夜当背景
是夜晚的第二颗眼睛

光
让你看到文字背后的故事
启迪唤醒
厚实的呼吸的灵魂

光
穿透时空
寻找到相册
遇见了会做梦的乡愁

光
让困在坑坑洼洼黑夜里的噩梦
从此失去发芽的土壤
转身化为黎明的希望

阳光,是一种语言

太阳在遥远的远方运作
你无法也不能靠近
在黑夜对面
即使,头顶乌云心陷阴霾
它的温度
如同长翅膀的语言
让心开启了飞翔的力量

曾经的曾经
被淋湿的变形影子
与拖泥带水的蹒跚
只因为有了陌生的阳光
以及,源自太阳母亲的大爱
有一种希望
在落脚的地方留下明朗诗行

阳光,是一种语言
刷新春夏秋冬
给予最无私最贴心的表达
一撇一捺
暖暖修辞
也将黑夜里的梦
唤醒成动人的温馨

日记本

完整的一页页空白
交给了你
渐渐地,它弥补了记忆的漏洞
每次翻阅
它的五脏六腑
交互地,还你一个永恒的昨天

一座山,一滴水
上下楼梯
花开叶落的世界
脚底的感觉
各种颜色的思考
冷与热的泪痕
或大或小的与日子有关的灵动
不一而足
你用文字的骨架
将日记组合成精神的抽屉

日子走来
你无法预知还有多少空白
可以容下远方
此时,你依旧用笔
你和你以外碰撞的火花
让日记本,成为你日子的代言人

落在沙滩上的时光

小脚丫在阳光下作画
说画不完心中的明天
沙滩完全接纳
听候每一次落笔
包装着难以解读的落款

拉网声浪涛声
那是渔者与大海的联欢
连同发出的音符
一起走进了没有格式的沙雕
成为乡愁的又一底色

岁月不断地重生
落在沙滩上的时光
珍藏小脚丫梦想
迎来远方巨轮
对话着不同肤色的笑脸

还是那条路

小树变成了大树
一朵花落,一朵花开
守候一条路
沉默于眸光里的变与不变

曾经的呐喊
喧嚣里重重叠叠的姿态
也庆祝路的拓宽
更圆满一辆辆新车的剪彩

起点与终点的路标
已无法考究它们是如何命名
冬去春来
还是那条路
给予你成长的风景

红灯笼

长的短的街道
脚步密集了起来
大包小包被命名为年货
红灯笼也吹响集结号
被拎起
竖成灵动的仪仗队

大的小的红灯笼
浑身鼓鼓
串起年的收获与祝福
服从年的主题
还牵手小小的霓虹
与夜色联欢

此时
我也学一回红灯笼
把心放空
披一身喜庆
去温暖崭新的招呼
投向新年怀抱

这一场雨

新年的钟声还未进门
雨
就来一场跨年的演绎
着实让人遐想

站在伞的下面
这一场雨
让我想起了春耕中老爸的淋漓汗水
以及
再学走路时老妈的泪花
祝福声里背后的酸涩
……

我知道
在春暖花开的时节
绿色需要阳光
更需要雨露

这一场雨
提醒我
根
总离不开
雨不大不小的及时滋润

风声

前天还传说会枯死的枝头
今儿
却露出点点乳牙
不是洁白
完全是绿色的那种

一些声音
在耳边儿响起
你无法去考究
它和它们的真正出处
就当会说话的霾
就以风声款待

在空旷的原野
有阳光陪伴
你站成沉稳的吸音设备
借风声
去检验预设的最大容量

电线与凌霄花

两条不通电的电线
依旧抓住工作中的电线杆
悬空平躺
穿戴一身凌霄花

簇拥的凌霄花
因为可攀援的电线
上下左右
联袂争艳
抢尽了冬天的风头
热闹着小山旮旯的人家

电线与凌霄花
它们默契地相互抱团
形成半悬空的彩门
此时
电线已重新诠释着使命
凌霄花继续盎然

春色

春风已经站上了主角的舞台
在大地
在思绪碰撞的角落
与你的春天握手

熟悉的老树桩
忘却了被剃度的伤痛
一处处疮疤
不经意间
竖起绿色的耳朵儿
倾听春风的指示

三五只布谷鸟
回眸丰花月季
与春风协商
贪婪着一朵朵血色
它零星的叫声
又似乎不想吵醒装睡的蛇

你应该知道
眼前迎面而来的春风
也想将你演绎成多彩的春色

雨

雨
一滴滴
于光天化日之下落着
给窗外的枝叶
来一场免费的清洗

不大不小的
雨水
似乎与春天签约
将耕地软化
想温情
即将安家的种子与禾苗

在雨中
伞给了我小小的晴天
有迷失的雨
冰凉着口袋外面的手
行走在路上
我的心依旧正常温热

雨水在倾泻冬天的委屈

还在此时
前后左右
似乎成了冰冷的水帘洞
进与出
难以露出双脚的轻松
太阳躲在背后

三两天的接续
这雨水
想必在倾泻冬天的委屈
但也担心吓坏春色
只好
轻轻地放慢节奏

摆脱不了
你站成雕塑
沿着光经过的地方
好像在寻找什么
而雨又细又长
伸向了你早已结痂的心事

天放晴了

雨停了
云朵还板着脸
陌生的阳光腼腆十足
遇见
掩不住些许思念

花花草草
从头到脚都是崭新的
连同冬里的枯枝
还有
落下的绿叶

还没有踏春的念想
恍惚间
脚底下的泥泞
似乎可以听到蚯蚓的心跳

天放晴了
迎面而来的脸
还隐藏着
与春天相匹配的希望
放飞的动词
还需要解开冰冻的结

一张老照片

正月的末端
夜色
留下几颗遥远的星星
似乎在守候什么

嘀嗒
朋友圈的快递哥
送来一张黑白的少年
夸张的腼腆
将记忆的结打开

此时
风无法穿越
心事坐不上高铁
尴尬发白
更找不到老照片的港湾

灯光
恍惚间暗了下来
泪眼相对
将老照片背后的故事
交给最亮的星星

月牙

一月一次的圆
装满希望与失落
悬在夜中央
表面成镜子
凝眸
却无法看出它的破绽

醒来
踏上了黎明尾巴
一天天等候
夜色只给你新的月牙
遐想被迷茫带走

裹实冲动
不惊醒月牙的另一半
玉兔玉盘
以及各种说道
化为实在的虚词

一面镜子

放任春姑娘忙碌花事
为蝶恋花做媒
让绿色无拘无束
眼底
无比清澈

历经冬眠
渐渐破土的无数灵动
暗地酝酿
时空内外的喧嚣
每一次夸张
撼动不了深度的明眸

被岁月见证过的人间烟火
真与假的诗词
丰盈想象
起落
翻阅也是瞬间的沉默

白天不懂夜的美

借着太阳的慷慨
颜色尽显个性
边边角角处
形状更是稀奇
于是，美总有着新的传说

月亮与星星
散发着光和热
也留白
深深浅浅的浪漫与相思
隐约的人间闪烁
更含蓄了背后的故事

独守黑夜
一束光的陪伴
满足了一个世界的白天
那半杯夜色
还孕育着文字的喧嚣

奔走的骆驼

驮起白天和黑夜
涉足沙漠
倾听系紧的铃声
与日月和解
硬与软的较量
心事只在于解渴的远方

也稀罕
大大小小的花花草草
闪过却烙印心头
曾想着
与人间烟火牵手
日子依旧
无私地见证自然的脸色

渡口
未知在移动的岁月
风风雨雨
有谁与自己共情
脚下凹凸
已在背后模糊

夜晚

白天带走了陀螺
夜渐渐长大
自觉的路灯
再次用眼睛说话

一座城的外围
街与道
让太阳留下的故事发芽
与春商量
以诗词里的情怀
填满记忆空白

一声声
来自你原创的称谓
在夜色中心
忧伤了我真实的微笑

隐约

春天
不仅是一枚绿色的动词
云深处
雷电也在路上

情愫
接续破土
与诗歌与微型小说
一幕枯树
或将留恋着跌倒的花事

夜色闪了一下
长出牙齿
盯着记忆的伤口
咬起来

冬天去了远方

冬天去了远方
给你留下纸上雪花的记忆
与那年的雾都有关

曾记得
和浮云隔窗
朵朵雪白
如约地浪漫于蔚蓝中央
植入灵魂的腊梅
清纯
厚实了飞翔的底色

眼前
春风不嫌弃绿色的冲动
来自冬天的幻觉
蜕变与重生
即将被路上的蝶花恋
覆盖

恍惚间
眸光内外
丰盈的微笑
就是忘不了拐角处的木鱼声

每一个黎明

夜带走尾巴
天空早已准备好蔚蓝
纯洁的白云
在一边等候号令

风听从季节
擦亮花草树木的眼睛
霞光包装好期盼
将落地微笑

牵手人间烟火
与绿萝保持一样高度
倾听候鸟
拍动硬朗翅膀的声音

窗外的蝴蝶

春天上演一幕桃花雨
谢幕着急蝴蝶
触电了晨曦的文字

窗外
三只五只精灵
早已从夜色梦香醒来
曙光的善良
擦亮桃花
白与红最恰当的比例
再唱一出戏
似乎想颠覆什么心事

此时
想着与花共情春的主角
蝴蝶以外的
也正在窗外留白省略

灯塔

习惯了浪花的诱惑
厮守涛声
用不变的坐标
亮灯

东西南北中
大大小小的船
笃定了舵手的微笑
凝视沉重的夜色
一束光
唤醒脚下彷徨
恰似你梦中神秘的灯塔

春天在那朵云上

春雨接续布阵
还以雾的形式出现
点滴
遍及地板走廊

抬头
记忆的眼睛
无法对接昨天的云朵
躬身
似乎听到种子破土的喜庆

再次提醒受伤的脚
春天
就在那朵云上
春雨是它长期积攒的心血

如晴天,似雨天

一脸笑容
写满了整个春天
让人看到桃红
遇见从冬天里出来的淡然

半盏灯
藏不住内心的忧伤
扯上无辜的落叶
指责平躺的记忆
连同夜色
笼罩一层说不清楚的压抑

窗外还亮着路灯
窗内
那些招来的文字
难以拼出一盘明了的黑白

这是在冬天

落叶的片段
随风严肃地并联
葱郁的记忆开始变换模样
举起的霜白
与湖中的枯萎雷同

风接续地不着调
与候鸟与归雁念叨乡愁
影射的执念
站在日子的门口
鼓掌的喜鹊
指点多嘴的乌鸦

草原高山与雪花
虚拟着令人向往的空白
纷纷飘落的碎片
代言着曾经的感叹
自远而近地逼仄某种事物的冬眠

看见了不生锈的时间

预设及意外的生成
撑起了陀螺日复一日的持续
无形牵引与推手
走向，在神秘移动的远方
在雨中开花
在花的视界里渴望长大

岁月朝前
不生锈的时间
将所有的齿轮不间断地转动
花花草草及其相关
从纯洁而单纯的喜怒哀乐开始
斑驳的不仅仅是色泽
它们以另外的陀螺化身
细微地诠释自然的合理吻合

从镜的话语中走出来
守住湖水从没有过的清澈
守住石头与涟漪的微观

朵朵水花
变形着梦里完美的姿态
糊里糊涂地堵塞眸光的大门

狭窄里的宽阔

夜色将想象的风景朦胧
太阳眼中的事物
接受黑色包装
守住的
模糊了彼此的棱角

我在夜色里与大地放慢平仄
遇见了光
光也遇见了我
彼此的喜欢
有了夜色里朦胧的浪漫

夜色掩饰了不确定的喧嚣与拥挤
在光的世界里
我成了光的组成
狭窄里的宽阔
我看到最真实的路上的自己

第二辑

人间有情

下雨天

夕阳下的老父亲

总喜欢,搬出乡愁

包括小葱大蒜

还有,为它们遮风挡雨的

一件件秸秆衣裳

——《秸秆上的割痕》

当年的样子

拔节的兴奋
早已管不住记忆
手指、粉笔与黑板
三个365天的碰撞
此时,再次将激动的情绪点亮

咀嚼那一段缘
由里往外
从近到远
洋溢的是没有年轮的书香
一些可爱的文字
一些活泼的声音
迷惑着煮熟的话语
跨越时空

太阳改变不了原则
在预定轨道
安排了白天与黑夜轮岗
岁月,再次将脚迈开
你我用第四人称
在共同的扉页
用心,让当年的样子
精装塑封

粉笔的心跳

铃声被格式化成命令
连接,粉笔的心跳
组装黑板
总有移动的面孔
被涂鸦

些许声音,些许画面
抽取出青睐的字符
被凝望
情系,粉笔的肉体
留白与抹擦
最终,交给成长的眸光

三五叶蒲葵
站在铃声外面
倾听粉笔的心跳
也许,长大成人后
已无法重温
那粉笔出厂的青春

画一个妈妈

站在大山口
小男孩,凝望着远方
一次次,守望
梦中的妈妈

今年的中秋
小男孩,重新假设妈妈的模样
踩着夕阳尾巴
带上满满的微笑
再次
将眸光放大

月亮以中秋的名义
闪亮登场
小男孩一笔一画
借着月亮的眼睛
在凹凸的地面
画出最美的妈妈

恍惚间
小男孩甜甜地躺在妈妈的怀抱
黎明凝聚曙光
给小男孩和他的妈妈
编织了一个牢固的
移动的家

秸秆上的割痕

下雨天
夕阳下的老父亲
总喜欢,搬出乡愁
包括小葱大蒜
还有,为它们遮风挡雨的
一件件秸秆衣裳

记忆中
小麦玉米水稻
在别离前
总将,不长不短的秸秆留下
一双反复结茧的双手
用刀切割,编织成父亲心中的模样
然后,搭在田字格边缘
等候丰收

弯曲的老父亲
用标准方言包装秸秆
似乎正在做一场免费广告
再次煮熟乡愁
而最值得珍藏的
恰是父亲原创的时光轨迹
一枚枚,秸秆上的割痕

生日

岁月
又在新的年轮上打结
一些心事
无法打开
就让它尘封
沉入时间的河床

借一张洁白的宣纸
泼墨
将此时的畅想
用黑白的形式展现
包括蛋糕与蜡烛

风在枝头上行走
沐浴刚出炉的阳光
麻雀送来最美好的祝福
叽叽喳喳
我无法翻译
却读懂它的内核

这一天
更应该找几位喜欢文字的挚友
记录彩色的呼吸
以及，假想十五圆月
作为礼物
以慰藉蹒跚的自己

挑灯

不经意间
一轮夕阳在你的背后离去
模糊的皱纹
平躺着变色发丝
返身,你将不安分的眸光
抛向围城的迂回

被唤醒的路灯
将夜,戳了一个大洞
静下来的绿箩
与一些重新组合的文字
又开始
在变色的发梢边缘
密谋一场,最贴心的运动

黑色与灯光
带着各自的使命
继续在眼前胶着
没有月亮的盯梢与牵挂
文字里的文字
此时
再次成为你的同伴

无意中
灯光密集晃动
从沙发里长出来的叫唤
惊动了歪斜影子
恍惚中的你
还把灯光里的文字
当作，夜色深处的痴心爱人

又是开学时

此时
花叶垂榕
注视着那崭新的一米距离
露出了绿色微笑
一个个,是那么熟悉
也如此新鲜

弯的曲的路
平躺昨天的姿态
守候,秋菊迟到的初心
时间
迎送,轻松欢快的脚步
重复着三五句叮咛

从心里发出的铃声
再次,融入春天的梦
用诱人的旋律
与秋天,约起
或将在不遥远的对面
高歌一曲

你,还那么率真
爱在青涩
毫不在乎龙爪槐的吃醋
摇晃却坚实
将心跳
交给一个个可爱的黎明

与时间签约

那年那月
与时间签约
允许你,在它的缝隙里
牵手文字
将生活的影子留下

时间
举起公平的旗帜
履行约定
允许,懂事的文字
陪你聊天
照顾你的情绪
并以含蓄的形式留白

此时
打开几本泛黄的日记
有文字的记忆
还平躺在那里
继续,为你的承诺守候

临窗望斜晖

紧缩酸涩的眸光
瞄着很远很远的远方
考验你浑浊的想象
只有那些陌生晚霞
以及,被它们变色的各种图形
引发你的好奇

前方的树,举起手摇摆
不均匀地左右着
背后的彩霞
始终,变换着自己的阵势
只听从缓缓下落的夕阳
也将你的痴情落下

时间,通过夜色
悄悄告诉你黑夜的心事
再美的余晖也无法与你正面交互
一笔笔瞬间侧锋
不停笔画

渐渐亮起来的路灯
又在同样的距离凝视与守望
你最羡慕执着
此时,也将眸光收回
死死地为眼前可触摸的光
写诗

老妈的味道

此时
壳被剥开了
一个集体的花生米
与空气亲吻
亮出红色的衣裳
刺激着味蕾

旋转开关
点燃新的人间烟火
炒锅被烈火激怒
从手中滑落的花生米
沙沙作响
等候一场生命的裂变

一小勺稀盐水
给花生米裹一身粉白
如此熟悉的动作
是为它降温
还是赋予它新的味道

岁月
让我悄然走到中年
然而，家与乡愁
正如炒熟的花生米
反复咀嚼
平躺记忆骨髓里的
是难以消逝的老妈的味道

夜下，整理自己

熟悉的夜
一弯，高不可测封顶
星星微微眨眼
倾听着夜色的心跳
对面的鞭炮
着急地喊啊跳啊
结束了生命
撒落一地垃圾

恍惚间
被遗忘的烛光
围成一个大圆圈
赤裸裸地，露出红色笑脸
摆上一束束过往的言辞
贴上复制的标签

让灯，走开
将自己交给深沉的夜
闭口，在喧嚣中孤独
再来整理
一个长不大的自己

雨中散步

夜,向你走来
眸光与灯光交汇
一粒粒雨滴
湿润着时空宁静
注入心扉
着凉了白天未了的念想

遵循迂回的路线
你专注于
一个人的脚步
倾听无声的秋雨
渐深地沐浴
一场没有遮挡的
清醒

前方
一串串雨滴
从你的头顶继续飘散
亲切的木麻黄树
伸手,抚摸你的褶皱
沉重地注释
那款神秘的修辞

完美拥抱

黎明又将绿色送来
同时,也让你看到凋零
受伤的心
总想偷袭阳光
还制造人工阴霾

真绿色
是来自你心中的树叶
恩泽于你的呼吸
源自清新的空气

风和雨,较量
路,还在远方
将真实的微笑,挂上
在下一个黎明的出口
给自己
给自己以外的阴晴
最完美拥抱

昨天的颜色

按一下回车键
与昨天挥手
一些彩色的文字
被分类,放在收藏夹
孤独入眠

盯着天气预报
准备远行
揣摩了伞的颜色
遮风挡雨
还是选择收放自如
以及,简单的黑白

一张动车票
写着终点,却找不到方向
路程
总有混淆的十字路口
举起的红绿灯
用颜色告知

此时,就以放牛娃的角色
在剩下的空白处,奔跑
大胆涂鸦——
你喜欢怎样的色彩
就交给记忆去描绘

天冷了，敬自己一杯酒

夜深了
命运被主宰的灯光
也渐渐地消失
那几盏路灯
却，挂着原本的光圈

在黑色的洞里
离我最近的灯
恍惚间，温度瘦了些
我知道
它们守住与冬的约定

此时
我不想翻阅春秋的花与果
也不提及太阳
就让自己与夜色
在宁静中和解

避开镜子的眼睛
倒一杯时光酒
我邀请
眸光外的白发和鱼尾纹
敬它们
和曾经的自己

窗外

山山水水在窗外裸露
直面多变的天气
习惯脚底下的冲动
与岁月同在
一切，风轻云淡

仰望，还够不着云的端口
从风的温度
从雨到冰的因果
你在解读
流经岁月的芳华

牵手白天与黑夜
重叠在宁静的日历里
与绿萝对话
让诗的神经顺畅
你，依旧是窗内的自己

等一场雪

梦里的腊梅又开花了
一束光告诉我
落地的冬
或是即将带来迟到的香

冬天以外的季节
今年的预设都体验过
也都被禁锢在遥远的洞
激情燃烧
无法感动守望
此时，真想来一场雪
冻结眸光背后的阴霾
在冰封中
让灵魂与零度约会

与梦为马
究竟是谁让我痴心
多彩的空白
依旧站在太阳升起的海面上

独行者

黎明不只是因为你
来到这个世界
它是给予
经历了黑夜的我们
呼吸的希望

冬天的晨曦
包容着清瘦的路灯
以合伙人的角色一起明亮
此时
你明白路灯的心情
只是贪婪回味夜色
写着
自己名字的光与热

无须担心冬天里的雪
黎明的太阳
还能创造出彩色夕阳
点燃动词
在眸光的呼吸中
将自己升华为一把火
软化心霜

没有结尾的岁月
每一天都是起点
仰望时空之上的精神殿堂
黎明内外
你，就是光的独行者

翻阅有阳光的日子

一个人在黑夜里
你无法估计黑夜有多黑
此时
哪怕有一丝光
都是希望的救命稻草

有你心中的太阳
守住约定
在白天与黑夜交接处
将黑白的记忆分开
也让眸光的定义
赋予黑白之外的色彩

走进冬天
落叶多了起来
雪花企图成为诗的主角
你也开始憧憬春天
以及,春天内外
带刺的三角梅

有你的世界
孤独就是受欢迎的喧嚣
翻阅有阳光的日子
有味道的希望
就是你,独特的灿烂

心灵的守望

河流向前奔跑
感受过看不见的凹凸
体味着清澈与浑浊
倾听大地的中心思想
你不是唯一的旁听者

遇见了春夏秋冬
记住来自高远的风雨
还有更新的阳光
每一次呼吸
都刻录着年轮脚底的尴尬

将凝视默默地交给了编程
似懂非懂的路标内涵
解读的宁静
就在夜深的时候
与昨天的热泪深度交融

望着最憧憬的窗外
你和心中的欲
与绿色的小草同行
还用根的执着
去满足心灵的守望

落单

最后的一束光
在夜里熄灭
眸光里的五颜六色
彻底浑浊
找不到所谓的心动

没有边界的时空
塞满无限复制的音符
灵魂滞息
只落下了
一滴滴零度的泪

上下左右
平躺是无价的奢侈品
穷尽一切办法
夜的骨头
被滋生的阴霾软化

孤独与孤独
夸张了来自远方的喧嚣
提前设下埋伏
在清冷的冬日里
主动落单

明亮的部分

晚秋与自己和解
早早地拉黑白天的亮光
夜色提前
时间的温度下降
空间也变得狭小

路灯简单地亮着
光不夺目
似乎也看不出黑色情绪
在既定的时间里
满腔热血地
烘托成长的气氛

一枚种子的记忆
不经意间
在黑夜的土壤里发芽
还长出了阴霾的叶片
迎合黑夜
企图挤兑微微的光

我相信
有一座眸光锁定的围城
一直明亮
里面住着黎明的种子
还有种子的家

眸光里的呼吸

是谁在前方举灯
给予彩色记忆
且分清黑白
以及
让你的灵魂在黑夜安然

一堵墙在风中沉默
坚守坚定
挡住雨的穿透
水滴飘柔
无法潮湿你的眸光
阻挡思想呼吸

花花草草
在演绎自然的喧嚣
遇见娇艳,接续绿色
在你的眸光里
包括附近大小不一的石头
也有了贴心诗行

灯,还在前方亮着
从黎明到黎明
被爱厚实裹着的眸光
跟着你喜欢的文字
一起呼吸

思念的雕像

思念的雕像
误读季节的残痕
依然,叫唤距离的桥

春夏秋冬的缝隙
重叠的吻
在同一坐标点上
抒情

天空有你的晴朗
思念
再次,酿造乐园的疯狂

思绪随寒风

眸光又着急了
不停地暗示脚的节奏
变形的足迹
增添梦的白发

迎面走来的冬天
伪装温暖
复制一个夏天的情怀
悬浮的拥抱
刚写意
就激怒了潜伏风刀
将意外的伤口
留下

几粒形容词
张扬起不着边际的泼墨画
主体冰冷
被黑白分明的山水衬托
无须虚拟夸张
一枚落叶，一杆残枝
足以让人心寒

岁月给一段距离
思绪
在约定端点
抛给眸光一些新的省略号

温暖

一座山又一座山
用各自的凹凸起伏见证骨感
仰望山的沉稳
折服山的守望
你,开始爬坡过坎

黎明第一道光
山峰将它馈赠给眸光下面
包括你
还有不显眼的野草
半山腰的迷茫
又被日出的力量冲破
向上登攀
更想在巅峰的封面上
贴标

山与山牵手

在一个又一个新的春秋

用彩色的记忆

去挽留你圆梦的轨迹

在冰封的时候

给你灿烂的渡口

还想种下

立冬后最温暖的记忆

此时

你无须等一场雪

你无须期待一朵腊梅

就站在山与山的最完美的交汇点

唱一首青春无悔的歌

脆弱的心灵

此时
已记不起
今年冬天诞生的日子
从黎明到黑夜
贴身
依旧交给夏秋的符号

潮湿的黎明
拿着看不见的冰刀
朝向柔软
被包装的温度
举手投降
日历送出的小雪
以冬天的名义证明
夏秋,早已过去

季节
已习惯在岁月里交替
眸光里的碰撞
与日历上的预设有关
而你
最在乎的
还是脆弱的心灵

眼神里的沉默

冬,渐渐成熟
温度的故事
也密集了起来
与霜与雪与冰有关

行走在交错时空里
你不孤单
熟悉与陌生
在花与绿叶间,遇见
托举
近与远的希望

必然或偶然的名义
变天。你和灵魂
玩起朦胧诗行
避开加减喧嚣
在宁静的旮旯缝隙
共情于小草的坚持

岁月无痕也有痕
望不穿天涯
就无须望穿
守望朝圣的地方
牵挂眼神里的沉默

夜在呼吸

夜与夜一起孤独
在不透风的时空里
借一束光
放大自己的脸
去见识,假想外的世界

有一盏高悬的路灯
在夜里呼吸
眸光
盯住初冬的三角梅
贪婪地凝望
已经遗忘了花
最隐藏的刺刀

此时
真想准备一块可燃冰
在最冷的冬天
温暖孤独
驱散时间以外的阴霾
让彩色记忆
浮现

节奏

已分不清两轮与三轮
在地图的轨迹
只知道
春夏秋冬
轮回最简单的黑白

花香
在结果之前炫耀
迷糊了几只天真的彩蝶
不经意间
乱了方向
给自己张罗了一个
没有名字的家

七七八八的符号
贴上标签
以各种名义
在显著的地方张扬
不着边际的磁场

你知道
一朵花的残缺
一枚绿叶的终点
眸光里的呼吸
自然,是自己最需要的节奏

围城内外

在桃花盛开的地方
你带上假设离开
选择黑夜与黎明的交接处
步入遐想

眼前云里雾里
鳄鱼在悬崖边张望
或长或短的藩篱,张牙舞爪
欲望的种子
陷入恐怖的时空里发芽
进与退
已经不是浪漫的三句半

翻阅岁月
总想将期待交给下一页
台阶式登攀或深入
意外风云
未知沟坎
迈出去之前
再次给自己三秒钟掂量

围城内外
美丽的桃源连接着你我他
顺与逆
别忘记你之外的力量

天涯来信

一个人丈量的路
无法分清足印
来与回
带着自己的色彩
推磨

你以为记忆
有着
一段磐石般的重量
纯洁的标签
你亲自着色
然后
给予最牢靠的封存

恍惚间
天涯来信
里面的文字
已经历了
杀毒软件的过滤
最终剩下的
刺疼了被默契包装的心

岁月的溪流

真空之外的努力
一些尘埃在路上布阵
心雨清洗
触摸着柔软的阳光
落入低碳的清静
描绘乡田

季节没有辜负大地
爱的肤色
超越了适合的喜欢
并非是简单的凝固黑白
彩蝶迂回花间
大雁遨游蓝天
虫鸣又是如此自由自在

岁月的溪流
规矩在堤岸的世界奔放
鹅卵石的故乡
灿烂着会说话的花香
我与自己
在独处的喧嚣中缠绵

遇见的事物

阳光和风在目光抵达的地方
如此默契
我用慢跑的方式过日子
就这样与它们相安无事

熟悉与陌生的招呼
在一片辽阔的时光草原
与气候的关系
独处的宁静
最喜欢用心去解读
满足稀罕的好奇

时间清醒地从身边经过
不蒙上眼睛
而是选择闭上眼睛
总有遇见的事物
在汗水深耕中留下交集的永恒

触摸时光

朝向梦的路
在脚下不断延伸
背后的推手不仅仅是梦
也离不开迷人的明灯

悬崖沟壑与似渴的荒漠
信念的翅膀
飞翔成天空的最爱
详细地记录着万险千难

高处的眼界与躬身的着实
接地气的姿态
恰如轻盈的流水
更不逊凶猛的瀑布

触摸时光
虚拟与现实的碰撞之花
芳香在掌声里执着
路的心胸在执着中宽广

孤岛的笛声

孤岛的笛声
无法打动十五的月亮
被黑夜吞没的浮云
在眸光背后
想念那心中的蔚蓝

站起来的草原
与笛声无缘
高贵成日子不倒的背景
绿茸茸的表情在梦中奔跑
风在舞动
鸟在打鼾
青春朝着不想回头的方向

泼墨的画卷
给自己留下边框的位置
从影子里的缝隙
循着笛声的方向
去寻找无法复制的想象

云端之上的失重

负重的欲望在幽深的风景里徜徉
彩云追月
悬着鸿雁的故乡
放飞的风筝落入心岸
意外地融合神奇的传说
虚拟也是甜美

狂风与暴雨曾经的交响曲
震撼着死去的沉默
流水的仪式升腾灵魂
梦想奢侈的挽歌
时光留恋
剩余着残缺的花蕊与枝叶
捡起凋零
在生锈的暂停键上谢幕

抛锚的阳光
注定是行囊里远方的希望
独处的疯狂
失眠于深不可测的黑夜海洋
千纸鹤牵挂
与浪花一起化作潮湿的感叹

独语

港湾驿站码头公园
一个接一个
在时间背后总是轮流闪现
移动的风景
安抚着纸上的远方

架起的阶梯
少不了一个个日子的挺立
蜗牛的沉默
以执着丰富阶梯的内涵
在时间的旮旯处
独赏与自己无关的牡丹

窗外事物的切割声
似乎在果断地指向关联
分离的现实
朦胧的纠结
是知了的代言

日子的河床

节奏旋律
选择最适合最熟悉的那种
来自无声的钢琴
在独处的时候
喜欢自己安静弹奏
观众一定是隐形的使者
包括路过的时间

山与山的跨越
见过翅膀的执着与强健
一叶扁舟
在无边的汪洋大海里摆渡
渔歌的抒情随风流浪
眼前的翻阅
被解读成心中的五线谱

心与心的弹奏
让一幅与诗意相匹配的洒脱
激荡起围墙内的人
岁月杯里的涟漪
恍惚间
给日子的河床
带来了此秋不深不浅的清凉

寻找打烊的出口

夜色填满了日子的缝隙
一些事物的棱角模糊
远与近的梦
被自己的光点亮
恍惚间
纸上有了花的绽放

疲惫的文字在寻找打烊的出口
一些声音改变频率
贪婪地占据夜色的节奏
安静的绿萝
谢幕的玉兰
彼此活成想象

风似乎想盗走温暖的心跳
从尽头到尽头
一幅画卷
不仅仅是美丽的故乡
闪现的彼岸
悬着微笑

场面

拼凑的场面满足喧嚣
表情包拥挤在同一个世界
人间烟火的列车
兴奋地驶入自己喜欢的春秋
风,在搜寻日子的脉络

真与假,开着窗口
红色有了红色的记忆
路过的霜白
在秋天的站点朝着窗口憧憬
时光给了个满分的微笑

石榴红隐藏着流动的祝福
亲吻着我
与青春的流年对饮
忘了短暂而永恒的红色帐篷
却找到了另一独处的安静

让心归零

日子,从台历中走下来
再见了白天黑夜
你收藏一束光
让柔软的心不老

繁杂与喧嚣
沿着岁月的缝隙
与你擦肩而过
不经意间的沉淀
将心缩小

春夏秋冬
总有记不住的花
每一次凋零
难以画上最圆的句号
你的心在伸展

一个人的时候
总想与黑夜商量
将它的尾巴再次削短
交给折叠的白天
让心归零

被困在时间里的人

一些跳动符号
不听从时钟上的手脚
与呼吸的神经相连
去解读小草的走向
憧憬一幕绿色

风和雨联手
哄骗霜的加入
歪曲了阳光与白云的交情
在时间外面
上演一场极度狂欢

时间的集结号
从来没有间断过
一次次刺激神经末梢
让浑浊的眸光
长出了飞翔的翅膀

枯裂的黄叶
又在梦中与腊梅聚会
没有高潮的诗行
却戏弄起
被困在时间里的人

归途

用一张动车票
乡愁
终归走下了已被煮熟的梦香

站台上的声音
浓浓咸味
唤醒了大海与沙滩的记忆
不用搜索的修辞
与你的眸光直接交汇

昨天与今天
不经意间
圆满地重叠在一起
贴着妈妈标签的花生米
升格为中心思想

又是一席人间烟火
没商量地
醉倒了一杯长不大的乡愁

视角

冬天入住是不争的事实
落叶腊梅雪花
不一而足
被写进朦胧的诗行

与飞鸟一起腾云驾雾
目睹蚂蚁似的高山
找不到花草模样
丢失了曾经的名词

蜿蜒于岁月的血管
上下左右
沟与坎的坐标点
总贴着不一样的人称

冬天迟早被春替代
在光的脸上寻找视角
你的梦
依旧少不了美丽的封面

牵手

在岁月的河床里
踩着泥泞
丈量雨中的流年
梦中的伞
依旧在梦里摇晃

沟与坎
将沉默进行到底
假想的光
欺骗了憔悴的青春
公开着羞涩

朝圣太阳升起的远方
却不知道
远方究竟有多远
牵手
仍在夕阳的门口等候

与石头合影

此时
几块石头挺直腰杆
脉络上的书法
讲述一段古老文明

老的少的男的女的
深与浅停留
在阳光下
以自己的形式
戏说石头上的前世因缘

凝视,被跨越的时空打断
一撇一捺
似乎看到沉默的人生
在你的背后呼唤

冬日阳光
丝毫不减原始的激情
与石头的一切
包括一知半解的清瘦
留下历史的合影

行踪

家与校
给了我一段扎根的线段
温暖的岁月
又将它变成一个坐标
交给执着的我
让思绪延展

年轮的记忆
从模糊走向模糊
校与家
一粒粒有故事的种子
在我思想的自留地里种下
生根发芽

与粉笔有关的梦
在草根的诗里
即时萌生
去激励一颗颗青涩的心
温暖不老的脚
穿破时空的牢笼

家与校
校与家
我已经分不清哪是原点
迈上灵魂的台阶
每一步
都少不了躬身与回眸

冬至

拎着热乎的汤圆
于黎明入口处
冬至随俗
也倾听细雨的呼吸
自问虔诚

冬至或想证实什么
还未落地
一股冷气就提前布阵
透彻地
牵扯黑夜前后

没有雪的冬至
你的眸光
已翻阅了立冬小雪大雪
风和雨的交手
哪一次没见过

揣着梦想上路

一条有路标的路
曲直凹凸
不确定地无限延长
风景包括风雨

小桥流水
沿途的花开花落
树与草紧紧抓住了绿色
在等候坚强

遇见混淆
牢记着远方的灯火
放眼
揣着梦想上路

回不去的岁月

回不去的岁月
拐角处
珍藏着拐杖的泪痕
与疮疤一起
沉默

季节缝隙
一朵云彩的变色
在日子背后
接续仰望与期盼
需要链接希望的光

那时
黎明还在沉睡
与过去有关的唠叨
又替代心中的霾
从四处向我云集
与隆冬联手屏蔽黎明曙光

恍惚间
真想与自己和解
尘封
回不去的岁月
与一些多余的缺憾分手

茶香的日子

用每一个日子的轨迹
编织自己的时空
半生缘
给彼此一个阳光交集

曾经的曾经
带着情感的符号拥抱
为受伤的扭曲抚慰
沉默
看岁月静好

心与心的默契
燃开一壶水
让日子沉浸于茶香
同一平面上的微笑
生成最美名片

选一片雪花送给你

暖冬在没有雪的日子里瘦身
左手摸右手
好像是刚从下雪的地方归来
即使看不到你身上雪的花瓣

太阳跟往常一样
在公开场合
在没有遮挡的地方
温暖了你和我之间的空白
不包括你内心的热度
以及距离的心事

激情与人有关
理解暖冬
也看好雪花的洁白与飘洒的姿态
放下冰冷的想象
与感觉和解
迎候即将进场的小寒

叫喊的三五只小麻雀
已离你而去
不再纠结冷与热
此时
只想选一片雪花送你

手指的方向

从乌云背后解读晴朗
在雷电的尾巴体味泪痕
懂你是风的风格
强与弱,只用行动说话

心中那支笔
只与深交的文字热乎
透析五颜六色
在手指的方向涂鸦
长短深浅
离不开眸光的刻度
水平线
起伏于大海的波涛
写真
和心中的沉淀有关

没有夏蝉呐喊
无法与纷飞的雪花为伍
混淆尘土
几粒文字
依旧在指尖上游玩

开门一望

灯光与书与绿萝
在时间的小缝隙里
入住
拒绝窗外的问候

有时候
会说话的记忆
在门口有序无序地重播
被误读
还当成白发的唠叨

你开门一望
偶有最熟悉的手机铃声
那时,又将心事
哄成了门槛内外的传真

起跑线

漫长岁月
真正属于你的立体或平面
与谁在同一起跑线上
输赢,有你和你以外的因果

辞旧迎新
出发,带上最原始的期盼
每一道起跑线上
你,无须过问远方的终点

回眸与放眼
攀爬行走奔跑
以何种姿态出发
你的起点
就在你落脚的地方

伪装的艺术

将绿色植入岁月的骨髓
混淆成落叶
用纤细的手脚着力
在喧嚣的孤独里孕育飞翔

不去过问隆冬的腊梅
暗藏春天的蝶恋花
黎明还是黑夜
起与落
就打开心灯
点点微光踏实存在
也点亮希望

在路上

腊八来了
春天的动车也将进站
流光的生命
用各自的方式见证花期
打理枝枝叶叶
归期,谁能完美打底

风从哪儿吹来
雨又将在何处落地
在路上
自己要成为自己的避风港
老屋的精神许愿
不经意间,意外升值

站台的芳华与鲜花
憧憬在阳光里
收藏在还未了结的日记
转身谢幕
最后的落款
交给被遗忘的时间老人

生命的流光

幻觉流星雨的信仰
虚构许愿台上的绽放烟花
日复一日
半生,将自己命名为撒捺夜归人

生命如同起重机
上上下下
吞吞吐吐
只为了那栋欲望的小楼
封顶的内涵
又有多少不透风的高度

无语啼声,闪过
恍惚间
你还迷恋老妈的怀抱
奢望去放空
一粒粒带刺的酸甜苦辣

精神的许愿台

一棵草在低处宁静
细小枝叶
用最柔弱的姿态野生
风吹雨打
丁点绿
在夹缝中冒尖

熟悉而被淡化的小草
常常不是主角
镜中的你
装满爱的皱纹已被完整揭开
一圈泛黄
如同隆冬里的小草
露出毫无掩饰的脸庞

提前释怀
去靠近精神的许愿台
心虔诚
为你的夙愿布道
祈祷
让那张早已出发的单程车票
装满没有阴霾的彼岸

倒影

来自远方的光用倾斜的姿态
复制花草树木
勾勒出与水有关的过客
借助水波创造另一个世界
包括水边缘上的你

你站在躬身的柳树旁
盯着湖面上的影子
它,被波涛折叠变形
随波蠕动在阳光下
已毫无顾忌
即使你是巨人
只能与光隔开
收回属于自己的那身倒影
宁静地打包成夜里的黑色

事实上
你喜欢,也需要有光做伴
哪怕光与水联手
格式化出真真假假的倒影
漂浮于野性的江河湖海

思想的彼岸

一些字符
从词海里走出
被锁定成遥不可及的星星
在思想的彼岸
倒挂着
拒绝融合的人间烟火

曾被看好的曾经
不是童话
不是夸张的谎言
而是不亚于奇妙的沙漠上的绿洲
将彼岸神化成完美的乐园
于脚下
最大化地萌生

此时，你的选择
将自己视作一枚中草药
给受伤的岁月敷上
即便冲动
假设心安
去铺设有迂回的通道
给彼岸最恰当的理由

小酒馆的周末

日子匆匆
对话人间烟火
落脚,重叠在一个共同的坐标
于小酒馆的周末
一杯杯酒
揭开了面具

被格式化的汤肉菜
辣味
占据了时空的主题
一幕幕记忆
吞吐飘洒
没有修饰的灵魂
恍惚间
碰撞出半辈子的真谛

此时
淡出鲜花与绿叶
只将复杂的脸部表情释放

路过冬天

二胡围着扬琴
单声与和声
从地下室的空旷处传出
让枝叶上的小鸟
忘却了飞翔

踩着夕阳
将自己的岁月沉淀
重组指尖上的精力
放飞生活主题
即使，在深与浅的冬天
也让微笑碰撞

路过冬天
听从阳光指令
将一个个时光的键盘弹奏
无缝对接
满足第一耳观的味蕾

冬日心语

雨与霜一场场深度密谋
寻找入口
纷扰门槛的跨越

打开时间的下一个大门
骨子里的火把
激情燃烧
与冬的太阳对接
去拓宽眸光的浓度

记住黎明的面孔
想着夕阳的叮嘱
与蜜蜂一起
将在春天酝酿

风在背后唠叨
一路喧嚣
终被沉淀于难以测量的心海

全新的我

借助文字的长相
背后的心事
点点滴滴
在被课表切割后的时间碎片里
发芽

下雨天
脚不会因为泥泞而停止不前
因为在时空内外
有精神的伞

黑夜的世界
精神并不孤单
一个又一个未曾见面的巨人
唠叨着我的喜欢

将自己放入阳光里监控
与影子对话
喜怒哀乐是被命名的日子碎片
各就各位
又组合成一个全新的我

纸片人

那黄昏
风拎起一枚纸片儿
也遮住花的脸面
颤抖一下,纸片
又滑落于三角梅的腋下

再次回眸,却发觉
三角梅的枝叶
完全围成纸片的家
风只好望而止步

很庆幸
那又轻又薄的纸片
有个避风的窝
但又有谁
想成为类似的纸片人

风啊,请你再吹慢一点

来自雾都的腊梅
还在微笑
公开着单纯的花香
风雪中
我曾经体验过它的不易

雪花的心事
还未被热情攻破
已被堆成艺术上的雪人
片片融合
我已无法说尽内心的旁白

风啊,请你再慢一点
在这冬天的舞台上
我想
深度品读
腊梅与雪花的前因后果

与时间和解

一阵风吹过
泪也被岁月带走
自己撰写的文本
薄如纸
捏成团塞入抽屉

起点与终点交集
被受伤的脚识破
左右撇捺
呼吸间
顶着越来越厚的躯壳

真想与时间和解
穿越时空
去时光彼岸
放空记忆
荡着无忧无虑的秋千

沉思

黎明唤醒了沉思
窗外的霾被阳光带走
写几个"福"字
拽住日历的初心
去放飞梦想

恍惚间
沉思又被拖进了深邃的夜
而遇见的光
又在拐角处
带来兴奋的心跳

冬天已是最后一里路
此时
就给足落叶面子
不去猜想雪花的心事
更新沉思
静静地与年味共情

团聚

从冬天的竞技场归来
带上方向标的收获
将成长写在脸上
深眸已看不出当年的浮躁

发财树拎起小灯笼
绿萝别着小红花
窗花凸显"富贵春"
此时的主题词
被圆桌下的小火炉烘红

跨年的灯
舍不得闭眼半秒
张开耳朵儿
倾听着各种美妙音符
恍惚间
一张张简单的脸
释放出虚掩的复杂

鞭炮于时空内外舞动
春天的祝福
被贪婪的嘴完整地摆弄与组合

笑容背后

穿越笑容背后的篱笆
冬的凛冽
犹豫了清澈的湖面
说辞
交给岸上的水手

一些唠叨
牵扯上秋的收获
饱满
指向浮躁的夏
还溯源于早春的蛀虫
却牵挂着笑容
每次的出现

眼前
带刺的骨感
彻底地被异木棉直白
路边
三角梅的笑容
好像也是立春的化身

开端

打开黎明的门窗
一对信鸽在桑树上煽情
发愣了早起的春风
荡起喜庆的涟漪

过夜的开水
含着昨天的温度
与渐渐退却的年味
从心滋润

从冬天到冬天的绿萝
坐在人工湖上
倾听起岁月的心跳
祝福顺藤发芽

来自黑夜的猜想
被鞭炮声带走
前方
还留下一首歌的距离

默念

以鞭炮渲染的喧嚣
就剩下
霓虹与红灯笼
被风摆弄

喜庆春联
洋溢概念上的心愿
含霜雨
轻唱着流浪的歌

午后阳光
看不到无忧的灿烂
心灯点亮
还在等候路上的牵念

放飞

红粉扑花
翘起一串串红色尾巴
内化料峭
于冬天就神采飞扬
提前定调春色

低洼的泥泞
看不到蚯蚓的伸缩
无法倾听泥鳅的心跳
彷徨
只会落下了秋的彼岸

此时
将记忆的大门打开
让春光进来
与滞留的顽疾对话
放飞晴朗的翅膀

遇见你的春天

坚持打卡
密集一条路的足迹
从冬到春
借山茶花与海棠花的精神
在圈定的地方
打理生活
换了一本又一本日历

一个春字
与你打交道几十年
不变的字眼
蕴含着渐渐丰满的内涵
低谷的底色
十字路口的抉择
悬空的成熟
又在黎明时分交错

遇见你的春
心中总有太阳的光芒
阔步仰望躬身
忘不了脚与鞋的包容
淡然昼夜
眸光的闪现与消失
让留下的文字去说话

冬给春的告白

临别了
来一场最后的雪花
就选择在最冷的地方告白
让好事者心安
喜迎新春

用尽一切冷酷
腊梅与异木棉芳香夺目
再回首
曾经被瘦身的
正以春的绿吻亲自送别

匆匆的日子
在内心深处慢慢过去
转身的留恋
依旧是那幕带味的遇见
留下的交集底色

夜的梦

灯光暂停呼吸
灵魂在夜里偷渡
盯着黎明的第一抹微笑
黑色的风
习惯性地往细处打脸

距离在冰凉中拉开
热水袋成为饥渴的摆设
鼾声丢失
只捡到风的啼叫
疯了精神的枕头

眼睛睁开
平躺在记忆的老屋
风用器具撬动了瓦片
温馨的台灯
被塑造为噩梦的推手

问候

太阳已经升起了
雾气还在
迎面
东边一声西边一语
叽叽或喳喳
生成了动容的邂逅

恍惚间
倾听与回眸
被入选的情愫
似乎有木鱼的背景音乐
宁静与纯洁的菩提
在彼此交汇中
虔诚地发芽

凸出

窗外
雨继续着缠绵与纠结
潮湿人间烟火

你们我们
坐在雨的外面
约定被凹成时光底座
装进了幽默
凸出一页页童真童趣

是谁发起
撤下心灵的墙
从当下
连成生活的绿洲
将明天的梦一起放飞

天冷了

冬天似乎又回来了
黎明的光
被添加了雨和霜
处处张扬没有夸张的料峭

记忆缝隙
那件厚实的衣服
大大方方地公开露脸
褶皱里吐出了跨年的微笑
温暖了宁静的气息

落雪的地方
早已生长出染色的牵挂
被冻坏的词汇
如同冰刀
刺痛了积累的温度

又过了一天

昨夜
失控的风声
与疙瘩的疼痛
被归类为同病相怜
黑暗里的光
也可怕

今天
以最慢的镜头
再翻开一页日历
被冷落之后的太阳
终于
放出了灿烂

前方
还得用十指力量
于风景中
把握住轮子的方向

打结

晴朗的沙滩
披着一张硕大的网
无法数清里面有多少个结
捕鱼者微笑
让你感受打结的力量

岸上的果树
系着大的小的黑色包装
似乎严密封锁
有意无意的骚扰
既是死结
也暗藏成长的生机

弯弯曲曲的记忆
疼痛处
紧紧地打个结
贴上标
同样是给自己新的拐点

配得上春天

路旁
一些花花草草
正在被美容
将多余的边角修剪
留青绿
与你可爱相遇

那边耕地
敞开最大心扉
虚与实的往事
交给太阳
以最清楚的态度
去迎接
你对春的期许

春风
剔除料峭与疯狂
成长在
你触手可及的地方
给足了
放飞的时空信仰

时光不老

纷纷按捺不住的冲动
于石头缝隙
在老树的旧伤口
冒出芽尖

乡间的老照片
曾经嫩绿已变成黑白
丢失的泥土气息
正在被刷新升级

春以时光的名义出场
新与旧的生机
举着希望的牌子
接续亮相

用时间擦拭时间

白天赶走黑夜
黑夜又替换白天
日子
就用时间擦拭时间

希望再厚实了
风景还是去年的鬼针草
包装成执着
花期只有时间知道

站在布谷鸟中央
沉默成石头
结果
似乎是时间与时间和解

往事留白

握紧母亲给的单程车票
出发的路口
已无法从记忆中提取
风景内外
哭与笑
被留下的文字渐渐模糊

冰雪让春风融化
入诗的松柏
在纸上无意中占据风头
这背后
你无法想象内隐的纠结

远去的日子
血色
让柔软撑起坚强
用花制作书签
却找不到合理的摆放

女人花

用最精致的一面
去迎接阳光
也在黑夜里编织梦想
一面镜子
升级诗里的温柔

微笑
在阴霾里绽放
给予风雨背后的蓝天
一束花
将时空无限延伸
泪痕的心事
还交给春天解读

半边天的标签
永恒成
另一半的仰望与躬身
带着省略号
你想穿越那青涩的记忆

握手

那一夜
路灯窥探火焰树的花事
月亮在远方
畅想着春的团圆
思念长成雕像

鞭炮带上喜庆
接续怒放
不定性地一唱一跳
打断背后的呼吸
灵魂暗自扎根
为渡口量身

你与泥泞的记忆握手
揭开饥渴的底色
尴尬了酸楚的浪漫
被包装的生活
有一束风
正刺痛思想的咽喉

不经意间
时空再次刷新
你记住路灯
向着最新的黎明
盯紧还未到期的单程车票

交替

冬天的最后一朵雪花
走了
带着年味的料峭
与春和解
迟到的落叶
也握紧热情归根

大的小的虫子
来自东西南北中的蝴蝶
开始揣摩
一桩桩公开的心事
咀嚼与痴情
吓不走破土的动词

眸光背面
你无法估量春潮涌动
密集的桃花雨
被春化作一打修辞
喜庆入梦
将黎明的旗帜舞动

歌声

浮云在天边变色
下雨了
粒粒嘀嗒
邀你共情
化成与泪有关的诗词

此时
歌声从心底出发
惊醒了故事里的吉他
一个人的联欢
纸上和弦
将记忆放空

恍惚间
来自踏浪的乡愁
溅起白色泡沫
起落涛声
哼起这首没有伴舞的歌

一条绳子的温柔

拐角处
三五棵熟悉的老梧桐
诉说料峭
准备偷走春的怜悯

风
以春天特使的名义
内外巡逻
倾听着老树的欲望
心声
被惊艳带走

一条绳子的温柔
系上宠物狗
将自己
包装成晨的清纯

生活不是诗

冬天过去了
腊梅雪花平躺在记忆里
回味着
更有刺骨的料峭
或将择日发芽

春暖花开
修辞
正坐上清明的动车
风景里
还挂着滴滴思念的泪
与爷爷奶奶有关

生活不是诗
花开花落自然循环
点亮诗眼
继续解读日常的酸甜苦辣

原创一个孤独

喜欢原创一个孤独
里面住着春天

耕牛为种子平仄
风筝离不开手心
沙滩上,还有
一群相互追逐的娃

我想
这样的春天
也需要一个原创的孤独

好吧
就向时间借一支笔
将春天长相记录
只要是真实的
不管喜欢还是不喜欢

夜里的声音

恍惚间
时钟的脚步声大了
嘀嗒嘀嗒
均匀成夜的主旋律

想起了月牙的长相
将窗帘拉开
风与风
不客气地上演呢喃
此时
钟摆只剩下重复的模样

不知道又过了多久
最近的距离
鼾声来了
我赶紧让窗门闭嘴

于是
风的呢喃
渐渐地被挡在我和影子之外

睁眼与闭眼之间

饮足了阳光的闲暇
风在发间翻阅
流经的时间带走曾经的模样
回眸的故事
似乎在睁眼与闭眼之间

停留于舒适的冬日暖阳
冰雪的远方
虚拟着温暖的想象
事物与事物的拥抱
徜徉在无限放大的世外桃源

站在闲暇与匆忙的岔口
揭开流年的盖子
装入遇见的缺憾
放飞千纸鹤
在洁白的花瓣里与流萤画圆

呐喊的碰撞

青春的岁月
激情拥挤在理想的广阔的赛道
初冬的阴冷
被火热的势头带走
入目的流年是动人的符号

此时
鲜艳的事物
以运动员的名字斗志昂扬地奔向终点
呐喊的碰撞
在移动的风景中彼伏此起

蓝天白云化作遮阳伞
举手投足
痴情的感动
难以控制的不一而足的表情包
拼凑着冬日的喧嚣

流动的印象

单薄的脚印承载着梦的体重
放空行囊
塞满星星月亮
以煎煮状态与生活对话

状元红三角梅各自洒脱
在季节的长度中
喜欢而执着地延长谢幕的落寞
三五声鸟鸣
正在为它们点赞
旁观者的定力
在眸光里捕捉路过的心仪

风用无形的手揭开了事物的面纱
与光合谋
满足着低头与仰望者
旋转在合适舞台的微笑

日月还在时光里延长

和日月在一起
和梦的同类想象远方
喧嚣在独处的世界开花结果
重新品尝秋收
串着耕耘者的心血感恩

年与年的希望
在真实的当下长大
攀岩过坎
见证了悬崖的惊心动魄
在日月的怀抱中享受温暖
阳光里长出月牙

日月还在时光里延长
坐在中年的漫车道上仰望天空
迷茫与笃定
赋形于翅膀的宽阔
接着地气只让心跳平衡

行走的风景

这样那样的事物
俗与不俗
在有阳光照顾的地方
总有动心的流年
鲜花与绿叶与路过的蝴蝶
闪现着移动的记忆

带着季节温度的风
昼夜流动
透过阳光透过窗与门
风铃的歌唱
细枝末节的摩擦声
撩动的不仅仅是梦的短暂

在风中行走
拼凑的风景
细微地改变着昨天的模样
时间印证记忆
记忆被抛弃在时间背后
尘土又悄悄地试探烟火人间

流向

叠加的日子成为记忆
心与心的宁静
在老梧桐下在老榕树边
翻阅的
总有忘不了的烟火味
落入的光
每一粒将寻常的心湖
轻柔地飘荡

老去的行囊新颖的包装
与蓝天白云
在传说的地方洒脱流连
花与草的默契
迷离的风景
在冬天的洁白里徜徉
此时，谁在陶醉

恍惚间，我看见三五只候鸟
它们飞翔它们叫唤
在风的征途中
演绎着超越大地的想象
阳光继续辽阔
冬天着急赶路
在宁静的心岸四周
时间又向我频频招手

风的眼睛

丰满清瘦高大与矮小
谁在用尽眸光的刻度丈量
转身
一切终归被岁月带走
风的眼睛
流露出季节的真诚

从宽阔到宽阔的视界
谁喜欢在旮旯的隧道评估
回眸
我只看到不离不弃的影子
结实地收藏着昨天
包括干枯的酸甜苦辣

窗与门的一些陈年记忆
与回来的冬
延续青松腊梅与冰天雪地
三言两语
凝固了入神的旁白
只盯着生与死的血液里的陪伴

夜黑得很认真

夜黑得很认真
还未等我从白天里晃过来
就伸手不见五指
路灯着急地送达光明
失落的影子在迷茫

折叠收藏低沉的某些情愫
拧开珍贵的微笑
在夜色的旮旯深处
潦草地包装
仰望遥远的假设
一只手
将我心中的明灯点亮

夜色还继续蔓延
我掉入梦的又一处深渊
床灯及其他处于沉默
现实里的黎明
似乎会预设着明灯指向的圣堂

曾经的模样

鞭炮接近连续的动作
送走了黑夜
冬日再次揭开暖阳的情意
当我把双脚交给了大地
一些树
丢下了曾经的模样

大地在现实与想象中辽阔
缤纷着装
总时尚地装扮季节的元素
心中的那抹红那片青绿

在鞭炮的喧嚣里
我始终保持着清澈与单纯
植入岁月的沉淀的爱
火红将青春的血液化身
赓续高远的抒情
在清醒的夜色
在白天的日子大堂
不似鞭炮热烈
只有温柔的掌声

在光抵达的地方

不经意间的视域
一些影子，追尾重叠交叉
还是远远地保持距离
诠释着动与静
在岁月的长河中交替

冬月与冬夜
宁静时在书的封面上
呆滞地停留
有另一影子在悬空徘徊
神秘着远方的朝圣
持续地撩动厅堂里的绿萝

风穿透时间的缝隙
制造一种冰冷的场面
冬天的斑驳
似乎在满足着还未冻结的芳华
曾经的心事从心往深处对话

风有自己承诺的方向

对于黑暗和光明的记忆
有闪现有永恒
时间在身体的河流里奔跑
承载着冲突的梦
惬意的涛声跳跃地陪伴

干燥的灯光
亮堂着如此有限的世界
光明遗憾落入迷茫
薄薄的树叶
我将它的躯壳留作书签
意外的不小心
文字的脸上有了多余的碎片

风有自己承诺的方向
在熟悉的环境中熟悉地喜欢
斑斓的事物
低调地与我对话
沉重的感叹
无奈地给某个记忆贴标

与内心深处的云朵对话

高高在上的浮云有变色的时候
雨是它警示人间的语言
雨过天晴
拼接出惹人喜欢的蓝天白云
安慰着流浪者的远方

大海辽阔的怀抱
无法体会旮旯深处的拥挤
一束光的生命
照亮着三叶草的翅膀
憧憬且留恋于爬坡过坎的风景
折叠的伤痛
被岁月的背影掩盖

我站在初冬某个站点眺望蓝天
与内心深处的云朵对话
想着这云从哪里来
又将到哪里去
阳光的手似乎送来我想要的答案

微笑是一枚不褪色的车票

冬日暖阳的若隐若现
冷风刺穿一骑爬坡过坎的流年
遗憾的浮云
于古城滑落

从阳光的旮旯里心动喧嚣
仰望的陶醉奇迹般地徜徉
蕴藏春的希望
灿烂奔向执念出发的地方

我还在阳光喜欢的轨道上
朝着红色的路标给予的厚望
一路飞驰
微笑是一枚不褪色的车票

在时间的列车上

阳光在时间的缝隙里穿梭
打开结痂的伤口
多少次植入坚强
长高的
正是没有造型的黑白灿烂

磐石里的心跳
牵动着通向大海的血管
欲望的浮云
抬高了翅膀的野心
躬身的姿态
又笑话一条路的疲软

此时,很多事物在接续退后
抓不住风景的手在颤抖
我在风景中解剖风景的架构
遇见流年
不完整地赤裸着枯萎的画面

独处的颜色

刻意地迂回在记忆的回廊
重复着喜欢的邂逅
蓝天白云信鸽与花的微笑
组合的风景
圈住了大大的太阳

我在刻意的风景里无意饮风
呛入的多余
被一骑流年带走
失眠的落叶也随之杳无音讯
时空守住了平淡的心跳
还执念于剩余的远方

与曾经的大雪有关的颜色
取代了腊梅的记忆
抽屉里的沁香
夹缝流出的泛黄苦涩
淬炼中与海洋里的书脊对折

曾经给予日子

多少青涩多少释放
在黑夜里
公开偷走来自记忆里的快乐
喧嚣中的歌声
接二连三地忘我徜徉

曾经给予日子
日子不去假设不确定的远方
没有包装的微笑
邂逅桌面上的摆设
清风吹过
心情放下了多余的道具

轻松从俗物中出走
夜色结痂
路灯有气无力地分散喷洒
归宿
憧憬着温暖而宁静的彼岸

时光抽屉

打开时光抽屉
青青草在乡间小道延长
晴朗的奔跑
夸张着第二个美丽的故乡
花儿绽放
橙子混淆着小小的太阳

心与心的悬浮
从一座山到另一座山的攀岩
落地的厚实
却遇见了奇葩缺憾
将微笑包装
梦想的根再次扎深

季节的草原生死轮回
枯荣的故事
在时间背后重重桑叠叠地沉淀
风雨冲刷
清新又有了利落的芳华

在适合的轨道上

风自由地吹着
随意地整理阳光的样态
我又使用着今日的门票
与阳光一起
徜徉自己的身体剧场

朝阳迷恋涛声
落日喜欢叠嶂的山峦
司空见惯的
在适合的轨道上
真实地轮回着生与死的过程
窃喜着奢侈的欢乐

我在单程的剧场
沐浴阳光
在拥挤与喧嚣中徜徉
旮旯里有巷道
巷道里又有通向心岸的残缺道具

独处的温度

时间的脚步声疾驰而过
一束光的力量
凝成一座山
上山下山与蜿蜒盘旋
翅膀的轻盈抬高了梦想的双脚

喧嚣的岁月已驻足沉淀
结痂的磐石
奠基着故乡之外的世外桃源
星星月亮
虚拟着日记里的天方夜谭

风又在季节里随遇而安
盘坐在灵魂的鲜花绿叶
看着想着路过流萤

旧了的日子

彩色的黑白的轻与重的影子
随即沉浮
在光的河道上
我看到它们自然飘过的颗粒
盘坐时
细心地捡起心爱的阳光

走上中年不长不短的道路
心岸即彼岸
永不凋零的花
完全是太阳做成的微笑
举过目光
触摸天空的辽阔

日子的心事模糊了关联的昼夜
梦的涛声依旧
多少青春多少沸腾
在旧了的日子里无影无踪
用心翻新
在感恩的扉页上附加了备注

半梦半想
测量着宁静中独处的温度

时间账册

肥沃与贫瘠与其他
大地都以无边的胸怀接纳白天黑夜
当下的当下
枯荣在低处轮回
开花结果挂在梦的枝头
灿烂的微笑
闪失过拔节的缺憾

仰望着存在的高处
白云深处总会有意想不到的留白
变天后的雷雨
疯狂得胜似千军万马
最后以水的名义汇入江河湖海
有涛声
更有转身的泡沫

时间有着不褪色的账册
秋收之后冬天来了
刺骨的冬天也无法占据春的殿堂
从日子走进日子
与大地相依为命的泥土
总有一处芳香
留给接地气的疮疤

立冬温暖地到来

大地的盛装掀起斑驳热烈
阳光与风
让一些转身的颜色
自由地飞翔

立冬温暖地到来
名不副实
被涉猎的感觉
似乎混淆了已经远去的夏
奢侈的清凉
撑起了微笑的晴朗

日子又在雀跃的鸟鸣中翻开
站在原地上眺望
无边的高远与辽阔
甘甜意想不到地喷涌澎湃

只喜欢将永远留在呼吸的当下

冬天的风景依次拉开
俗物渐渐适应了季节的变换
以爱的颜色
接受全新的淬炼
落叶的背后
或将深藏着更猛烈的萌芽

三角梅火焰树鬼针草
成熟的绿色
披上自然界有仪式感的萧条
风换上一个新的名字
随处流浪
各种姿态已被习以为常

在季节里徘徊
只喜欢将永远留在呼吸的当下
正常的眸光
风景似乎放慢脚步
却记不清多少的曾经疾驰而过

岁月的心声

在狭小的时光隧道
拥挤着寻常而又琐碎的假设
占据内心的晴朗
如溃堤的汹涌澎湃
冲击奢侈的平静

委屈在记忆的深处流泪
无奈的声色
在冬天的入口处颠簸
沉淀的脚下意外地沁着清凉
风自由自在地经过

我卸下尘土的包装
用心雨擦洗
尘封而凝固于岁月的曾经
被火燃烧
筑高了向阳的青春之作

后记

曾有人问我诗是什么？我狭隘的第一反应：诗是情感、情绪的载体，是诗人内心世界对身边人、事、物等的真切而富有启迪性的感受。

这些年来，我坚持"诗即生活，生活即诗"的诗观，将写诗作为一种生活，当作是生命的重要组成。写诗让我的生活充满情趣！我尤其享受写诗的过程，暂且不说我诗作的质量如何。在从灵感到意境到意象的"诗写"过程中，在词语建构到重构的体验里，我都能深深地感触到疼痛与纠结之后的快乐。这种快乐，不仅仅是对生活检验的烙印式的理解，更在于留白且真切地表达情感与情绪之后的轻松与惬意。

2022年，我整理了一部分诗作，出版了第一本诗集《时光在风中行走》，诗集分"向海而歌""乡野拾趣""杏坛春晖""难忘乡情"四辑，以文字记录着我对家乡一花一草的眷念与热爱，以诗的形式分享我于杏坛耕耘的酸甜苦辣。

我喜欢独处，喜欢在独处时翻阅旧诗作。也许，我的这些诗作，更多地表达了我个人写作的情愫，喜怒哀乐融汇其中。也正是因为这样，每逢我把新创作的诗稿发在朋友圈时，便有关心我的朋友私信问我："最近遇到什么事吗""有不开心的事吗""今天是你的生日吗"等等。当然，最关注我的应该是我的女儿。2023年底，正是在我女儿的鼓励下，我利用寒假时间，整理了一部分情感真挚且自我感觉颇值得与人分享的诗作，《眸光里的呼吸》这本诗集也就这样应运而生。

《眸光里的呼吸》分为"万物生长""人间有情"两辑。

"万物生长"这辑，主要是借物喻理、抒情，将自己成长体验、生活体验、工作体验等，以物代言，以物赋理。比如，生活的磕磕碰碰、事业的起起落落，除了自身的努力拼搏、积极作为，有时候正是贵人帮扶，才让我们走出心灵与事业的低谷，这些生命中的贵人，就如同沟涧中的桥，我就是那个过桥人。于是我写下了"背起流动的岁月/不论因果/任脚下暗潮涌动/还有，一曲曲爱的对歌（《一座桥》）"。

我喜欢独处，喜欢在独处中做喜欢的事情，享受生活的充实，于是我写下了"暮色收走了阳光下的喧嚣/留下喧嚣后的寂寞/一个人的世界/用清静撇捺/如往常投入到自己的喜欢/秋风并不清凉（《秋风并不清凉》）"。我曾动过几次手术，至今走路依旧很不协调。有一天，我看到一位坐轮椅的残疾人，脸上却堆满灿烂的微笑，我忽然领悟了，人生不尽完美，每个人都应该学会坚强，于是我写下了"阳光以变色的彩霞出场/轮椅上的慈祥/在榕树腋下/步入隆冬/被眸光定格为风景/一条看不到尽头的路/模糊却空灵/借助路灯/你的微笑/被解读为日子的扉页"（《夕阳里的影子》）。如此等等。

"人间有情"这辑，更多将我对身边人的"情"贯穿于文字中。也许，我是个敏感的人，也是一个不善于直白的人。对于身边的人和事，我常常有应激的情绪反应，却无法适时直白地表达，也不想简单地袒露内心的喜怒哀乐与酸甜苦辣。这种内隐的性格，尤其是遇到不尽人意的事情，或是碰到一些触及伤痛的事情，我便习惯把情感往内心深处埋藏，或是选择忘却。其实，埋藏也难,忘却也难,心里矛盾挣扎,我选择借助文字以呐喊,以呼唤,以表达,以宣泄,这就形成了"人间有情"的诗篇。比如,在奋斗的人生历程中,我常感到心情沉重与茫然无奈,但也庆幸能得到朋友的鼓励,能获得亲情的力量,哪怕前途漫漫,我依然都能信心满满,笃定前行。于是我便写下了"最后的一束光/在夜里熄灭/眸光里的五颜六色/彻底浑浊/找不到所谓的心动/没有边界的时空/塞满无限复制的音符/灵魂滞息/只落下了/一滴滴零度的泪(《落单》)"。面对生活的不易,我始终相信,不一而足的风风雨雨,接二连三的沟沟坎坎,都是我们生命成长旅途中的淬炼,于是我写下了"黎明第一道光/山峰将它馈赠给眸光下面/包括你/还有不显眼的野草/半山腰的迷茫/又被日出的力量冲破/向上登攀/更想在巅峰的封面上/贴标(《温暖》)"。如此等等。

人生有长有短,不管发生什么,哪怕是遇到生死别离,抑或各种严峻考验,都需要珍视蕴含其中的刚毅、韧性、豁达,尤其是充满哲思的真善美,挫折是延续精神生命的难得瑰宝!这些时常闪现的感受,这些不经意间的豁然开朗,便是我"诗写"的源点,便是我的汩汩而出的"诗源"。

《眸光里的呼吸》从此诞生,呼吸里的情愫,或将持久,或将绵延。

2024年6月25日